Jan Beinßen

Steinzeichen

CW Niemeyer

Der Roman spielt hauptsächlich in allseits bekannten Stätten des Weserberglands, doch bleiben die Geschehnisse reine Fiktion. Sämtliche Handlungen und Charaktere sind frei erfunden.

Über den Autor:
Jan Beinßen, geboren 1965 in Stadthagen, war viele Jahre in der Welt der Zeitung zu Hause. Dabei führte ihn sein Weg von Stadthagen über Hameln nach Nürnberg, wo er seitdem als Journalist und Autor arbeitet. Er ist verheiratet und hat drei Kinder.

Mehr über Jan Beinßen und seine Aktivitäten erfahren Sie unter www.janbeinssen.de

1

Er lief so schnell ihn seine Beine trugen. Untrainiert, wie er war, reichte das nicht aus. Er atmete hektisch, seine Lungen brannten wie Feuer. Auf dem unebenen Boden, übersät mit Schotter und Geröll, geriet er immer wieder ins Stolpern.

Angstvoll sah er sich um. Sein Vorsprung schmolz mehr und mehr dahin. Sein Jäger holte schnell auf. Doch das durfte er nicht zulassen. Er wollte keine Beute sein. Er wollte nicht sterben!

Lukas Kowalski suchte nach einem Ausweg. Ein Unterschlupf, in den er sich vor seinem Verfolger flüchten konnte. Oder einen Abzweig des Weges, der zu schmal für den anderen wäre. Irgendwohin, nach links oder rechts in den Wald. Denn die Bäume würden ihm Schutz bieten. Zwischen den Stämmen müsste der Jäger im Zickzack laufen, das würde ihn bremsen.

Ja, dachte Kowalski und schöpfte frischen Mut. Im dichten Wald mit seinen Kiefern- und Laubbaumstämmen und den mannshohen Farnen hätte er eine Chance, den anderen abzuschütteln. Vielleicht würde er sogar auf eine Höhle stoßen, in der er sich verkriechen könnte.

Wieder blickte er sich um. Keine zwanzig Meter trennten ihn mehr von seinem Verfolger! Mit riesigen Sätzen hastete der Jäger ihm nach. Kowalski musste handeln. Jetzt sofort! Sonst wäre es aus mit ihm.

Er sprang über ein schmales Rinnsal, das den Weg vom Wald trennte. Landete auf weichem Untergrund, sackte mit dem linken Fuß ein, fiel der Länge nach hin, rappelte sich wieder auf und rannte. Rannte durchs Dickicht, riss sich die Hosenbeine an dornigem Geäst in Fetzen, umrundete Baum um Baum. Bis weit hinein in den Wald, der immer finsterer wurde, weil die Kronen das Sonnenlicht schluckten.

Kowalski war körperlich am Ende, ein fürchterliches Seitenstechen plagte ihn. Seine Hände und Beine schmerzten, die Haut von spitzen Ästen zerkratzt. Die Schwäche wurde übermächtig, zwang ihn zu einer Pause. Er blieb stehen, beugte sich schwer atmend vor, stützte sich mit den wunden Händen auf den Knien ab.

Wie weit war er gelaufen? Hatte er den Verfolger abgeschüttelt? Denn der war zwar schnell auf geraden, hindernisfreien Strecken. Aber hier im Wald lagen die Vorteile bei Kowalski.

Diese wollte er unbedingt nutzen! Also weiter, stachelte er sich an. Er musste um sein Leben rennen, wenn er nicht enden wollte wie die anderen. Die Bilder ihrer toten Körper hatte er noch plastisch vor Augen. Grauenhafte Eindrücke, die er nie mehr loswerden würde. Leichname, die von unfassbaren Wunden entstellt waren. Die eine erschlagen, die andere verblutet nach schweren Verletzungen. Tiefe Schnitte, entsetzliche Fleischwunden, zerquetschte Gliedmaßen, gesplitterte Knochen. Waren am Ende auch sie die Opfer dieser Bestie?

Doch Kowalski hatte eine Chance, dem Verfolger zu entkommen. Denn der Wald bot ihm einen sicheren Unterschlupf. Hoffte er zumindest …

… und wurde im nächsten Moment dieser verzweifelten Hoffnung beraubt: Er hörte das Rascheln von Laub, das Knistern im Unterholz, das Knacken der Zweige. Der Jäger war ihm nach wie vor auf den Fersen! Er näherte sich mit unverminderter Wucht und Stärke: Statt sich, wie erwartet, beim Slalomlaufen um die Bäume zu verirren, ließ sich der Killer ausschließlich von seiner Witterung leiten. Folgte seinem Opfer wie ein Bluthund.

Der Jäger wich den Hindernissen nicht etwa aus, sondern walzte sie nieder! Büsche und kleine Bäume knickten unter dem Gewicht seines massigen Körpers ein, die mannsdicken Stämme stolzer Nadelhölzer bebten angesichts seiner unbändigen Energie.

Fassungslos beobachtete Kowalski das Spektakel, unfähig, sich auch nur einen einzigen Zentimeter weiter zu bewegen.

Als sein Gegner mit einem letzten gewaltigen Satz vor ihm zum Stehen kam, erzitterte der Boden. Es regnete Nadeln und Tannenzapfen.

2

Drei Wochen vorher.

„Nein, nein, Nele, mir geht es hier wirklich gut. Du brauchst dir keine Sorgen um mich zu machen."

Lukas Kowalski lag auf dem ausgeklappten Schlafsofa in seiner frisch bezogenen Einzimmerwohnung, das Handy zwischen Kopf und Schulter geklemmt, in der Hand eine Fünf-Minuten-Terrine haltend. Draußen war es längst dunkel, im Fernseher lief eine uralte Folge von Simon Templar.

„Ist wirklich eine hübsche Stadt mit netten Menschen. Hätte mich weitaus schlimmer treffen können", sagte er zu seiner Frau und hob den Blick, der auf einer Energiesparlampe haften blieb, die in einer nackten Fassung von der Decke hing. „Würde dir auch gefallen, da bin ich ganz sicher. – Ja, das ist mir schon klar, dass du nicht einfach alles stehen und liegen lassen kannst, um mir zu folgen. Ich weiß ja auch, wie sehr du in Hannover verwurzelt bist."

War ich bis vor Kurzem auch, dachte Kowalski und bekam prompt ein Ziehen in der Brust, als er sich gewahr wurde, was er alles hinter sich gelassen und zwangsweise aufgegeben hatte: ein tolles Appartement in der Nordstadt. Grenzte direkt an die Herrenhäuser Gärten, nur zehn Minuten in die Innenstadt, einmal über den Klagesmarkt und schon war man am Steintor, ruhig war es auch im Allgemeinen und aufgrund der tollen Lage wohnten im Umfeld viele junge Leute und auch sonst ein buntes Volk im positiven Sinne. Darunter so ziemlich sein kompletter Freundeskreis, den er zurückgelassen hatte wie seine Frau Nele und ihren Sittich Tweety.

„Trotzdem solltest du am Wochenende vorbeikommen und es dir ansehen. – Ja, ich weiß, dass Anne-Sophie Mutter im großen Sendesaal des Landesfunkhauses auftritt und du Premierenkarten für den Ballhof hast. Aber glaub mir, Schatz, die Provinz kann auch einiges bieten. Man muss ihr nur eine Chance geben."

Ihm war vollkommen klar, dass er drauf und dran war, sich sein neues Zuhause schönzureden und gewisse Realitäten schlichtweg auszublenden. Aber: Was blieb ihm denn anderes übrig?

Bis vor wenigen Wochen hatte er ein äußerst komfortables Leben in der Landeshauptstadt geführt, das neben der großen Wohnung samt yuppihaftem Lebensstil vor allem glänzende Karriereaussichten als leitender Angestellter bei der Hannoverschen Versicherungsgruppe Nord, kurz HVN, beinhaltete. Seine Lebensplanung sah einen weiteren steilen beruflichen Aufstieg ebenso vor wie den Wechsel vom VW Passat zum Touareg, den Erwerb einer Immobilie im schnieken Isernhagen und die längst überfällige Gründung einer Familie, wobei ihm zwei brave, pflegeleichte Töchter am liebsten wären.

Doch dieser Traum war geplatzt und sein Lebensweg zurückgesetzt, nicht gerade auf null, aber irgendwo in die Nähe. Denn als Risikobewerter der HVN, ausgestattet mit den nötigen Vollmachten fürs sogenannte „Underwriting Leben", hatte er seiner Gesellschaft zuletzt einen Bärendienst erwiesen, der dermaßen kostspielig ausfiel, dass ihn seine Bosse nur noch an einem Ort sehen wollten: Nämlich außer Sichtweite, was faktisch bedeutete, dass er die Stadtgrenzen Hannovers hinter sich lassen musste.

Es handelte sich nicht um eine Strafversetzung im herkömmlichen Sinne, denn niemand wollte diese Sache an die große Glocke hängen. Vielmehr lief es so, dass sein Hauptabteilungsleiter Druck aufbaute, bis ihm klar wurde, dass seine Dienste in der Hauptstelle nicht mehr erwünscht waren. Man bot ihm die Wahl zwischen einem Posten in der Dependance Hameln oder im Keller Briefmarken zu sortieren. Dann doch lieber Hameln, hatte er entschieden: ein übersichtliches Kundenservicebüro mit einem personalverantwortlichen Filialleiter und Risikoprüfer, einem Sachverständigen und zwei Außenschadenbeauftragten.

Dank der Besitzstandwahrung behielt er immerhin seine Bezüge, nicht aber seinen Einfluss und schon gar nicht seine Chance auf einen schnellen Aufstieg. Als kleines Entgegenkommen gab man ihm immerhin die Chance, seine Kreativität und seinen Geist in dem neuen Umfeld auszutesten. Ein Umfeld allerdings, das mit den Herausforderungen einer Großstadt wenig gemein hatte.

„Schau es dir wenigstens einmal an", appellierte er dem eigenen Frust zum Trotz an seine Frau. „Ich kann mir gut vorstellen, dass du dich hier wohlfühlen würdest."

Aber stimmte das wirklich? Oder hatte er eine rosarote Brille auf, wenn er seiner Frau von seiner neuen Zwangsheimat vorschwärmte? Wäre es nicht besser, die bestehenden Vorbehalte zu pflegen und alles daranzusetzen, so bald wie möglich eine Rückversetzung in die Zentrale zu erreichen?

Wie auch immer: Eine Wochenendbeziehung, so wie sie sie derzeit führten, kam für ihn auf Dauer nicht in Betracht. Auch hatte er keine Lust, sich jeden Morgen und Abend in den Stau einzureihen und über die chronisch verstopfte B 217 nach Hannover zu pendeln. Irgendetwas musste also geschehen und zwar möglichst bald!

Nachdem sie noch eine Weile weitergeplaudert hatten, drückte Kowalski einen Kuss auf den Telefonhörer und wünschte Nele eine gute Nacht. Die Instantnudeln waren inzwischen kalt, sodass er sie in den Müll warf und ein Ersatzessen in Form von Kartoffelchips aus seinem dürftig gefüllten Vorratsschrank holte. Die Chips nahm er mit auf den Balkon und genoss beim Knabbern die laue Abendluft.

Der Ausblick, der sich ihm von hier aus bot, spiegelte die Ambivalenz seiner neuen Lebenslage wider: Zu seiner Linken erstreckte sich der Gemeinschaftsgarten des Mietshauskomplexes bis an die nahe Uferpromenade heran. Dahinter strömte ruhig und im Mondlicht glitzernd die Weser. Auf der rechten Seite dominierten grauer Beton und Asphalt: Autos und Lkws dröhnten über die mehrspurige Pyrmonter Straße, die sich genau neben seiner Wohnung zur Überbrückung der abzweigenden B 1 aufschwang und den Lärm auf die Höhe seines Balkons trug.

Kowalski fasste dies als Symbol auf: Sein Verhältnis zu Hameln war von zwiespältigen Gefühlen geprägt.

Na dann gute Nacht!, wünschte er sich selbst, ging zurück ins Zimmer und schloss die Balkontür.

3

Die Sonne strahlte vom Himmel, als er am Morgen über die Münsterbrücke schlenderte, die Aktentasche fröhlich schwenkend. Nach ein paar Stunden Schlaf sah die Welt nämlich viel freundlicher aus. Zu seiner guten Laune trugen die mit einer Salzkruste überzogenen Brötchen vom Bäcker gegenüber bei, die er mit reichlich Butter drauf und einer Tasse Kaffee dazu genossen hatte.

Pfeifend überquerte er den Münsterkirchhof, vorbei am machtvoll stolzen Münster St. Bonifatius, um gleich darauf in die bereits vom Lieferverkehr belebte Bäckerstraße abzubiegen. Die Fachwerkhäuser, die an beiden Seiten akkurat herausgeputzt Spalier standen, hatten es ihm mit ihren farbenfrohen Fassaden seit seinem ersten Tag in Hameln angetan. Kowalski kreuzte den Markt, geprägt vom Hochzeitshaus im lupenreinen Stil der Weserrenaissance und der Marktkirche mit ihrem schlanken Glockenturm und obendrauf einem bronzenen Schiff anstelle des üblichen Wetterhahns.

Nun hatte er es nicht mehr weit bis zu seinem Büro, der HVN-Niederlassung mit Zuständigkeitsbereich Weserbergland: die Ritter- und Neuetorstraße entlang, dann rechts ab auf den Kastanienwall.

Im neonbeleuchteten Büro saßen bereits seine Kollegen an ihren Schreibtischen, ausgenommen Jürgen, dem Niederlassungsleiter, der es sich als Chef herausnahm, erst nach neun den Dienst anzutreten. Das Büro, seit knapp zwei Wochen Kowalskis neue Wirkungsstätte, war modern und stilsicher eingerichtet. Die

Farbtöne weiß, grau und mattmetallic dominierten und trugen zum seriösen Gesamteindruck bei. Vier Kollegen teilten sich den Raum: Neben Kowalski waren das Michael, der ihm direkt gegenübersaß, sowie Andrea und Susanne, genannt Susi. Jürgen saß in einem eigenen Zimmer, doch ließ er die Verbindungstür meistens offen stehen.

Dass sich das Team der HVN-Niederlassung in Hameln duzte, ging auf den ausdrücklichen Wunsch Jürgens zurück. Als Skandinavien-Fan hatte er die dort übliche Praxis des kollegialen Duzens in Firmen kurzerhand importiert und seinen Mitarbeitern aufgezwungen. Kowalski behagte diese Zwangsverbrüderung zwar nicht besonders, doch hatte er sich nicht schon zum Einstieg gegen die Gepflogenheiten im neuen Büro stemmen wollen.

„Ich habe dir ein paar Vorgänge rübergeschoben", sagte Michael anstelle einer Begrüßung und deutete auf einen Stapel Akten, der sich neben Kowalskis Tastatur auftürmte. Michael, ein etwas aus der Form geratener Mittvierziger mit blassem Teint, schludrig gekämmtem Seitenscheitel und ungebändigten Haarbüscheln, die ihm aus Nasenlöchern und Ohren quollen, fungierte als Sachbearbeiter und Gutachter für die HVN, bekam aber mangels ausreichendem Personal auch Aufgaben der Risikobewertung auf den Tisch. Da er der vielen zu prüfenden Versicherungsanträge allein nicht Herr wurde, hatte Jürgen Unterstützung für Michael angefordert – und mit Kowalski bekommen.

„Ein paar Vorgänge?", fragte Kowalski zweifelnd, als er die Hefter durchzählte und auf die abschreckende Zahl siebenundzwanzig kam. Angesichts der Tatsache, dass Michaels Schreibtisch so gut wie leergeräumt war, wollte er wissen: „Hast du vor, das Gros der Arbeit auf mich abzuwälzen? Schau mich an: Ich bin ein alter Hase in unserem Job, mich kannst du nicht bescheißen wie 'nen Azubi."

Michael reagierte genauso, wie er es in den vergangenen Tagen immer wieder getan hatte, wenn er einer unangenehmen Situation ausweichen wollte. Er erhob sich leicht von seinem Stuhl und ließ für jeden hörbar einen fahren.

Nicht zu fassen, dachte Kowalski, sah sich nach den beiden Kolleginnen um, die jedoch seelenruhig weiter auf ihre Bildschirme starrten. „Ist das deine Antwort?", fragte er, klappte die erste Akte auf und las laut vor: „Antrag auf Brandschutzversicherung für einen Schnellimbiss in Bückeburg." Er schlug in der nächsten nach: „Familienuniversalversicherung mit individuellem Schutz für den fallschirmspringenden Sohn." Und die dritte: „Wetter- und Hagelschutz für einen Coppenbrügger Saatzüchter." Kowalski blickte auf und monierte: „Samt und sonders Kleinkram - aber siebenundzwanzig Mal Kleinkram wird zur großen Nummer, und die bedeutet Überstunden satt."

Michael machte Anstalten, sich abermals von seinem Stuhl zu erheben, doch Kowalski kam ihm zuvor. Er schob den Stapel zurück auf Michaels Schreibtisch, setzte ein nicht zu nettes, aber auch nicht zu freches Lächeln auf und formulierte einen Vorschlag zur Güte: „Ich habe dein Spielchen einige Tage mitgemacht, aber nun ist es an der Zeit, die Regeln zu ändern: Du übernimmst meinen Teil, dafür darfst du mir deinen rüberreichen." Mit Blick auf den leeren Schreibtisch des anderen rechnete er mit heftigem Widerspruch. Doch der blieb aus.

Michael hob die Brauen, wirkte ansonsten aber ungerührt. „Okay", meinte er nach langen Sekunden des

Abwägens. „Wenn du meinst, dass du schon so weit bist, will ich mal nicht so sein."

Kowalski kniff die Augen zusammen. Was bildete sich dieser Provinzdepp eigentlich ein? Meinte er ernsthaft, einen ausgekochten Profi aus der Zentrale in Hannover über den Tisch ziehen zu können? Kowalski wusste doch längst, was hier gespielt wurde: Dass Michael seine Arbeitszeit vornehmlich damit verbrachte, in der Nase zu bohren. Was er wohl auch meistens konnte, denn die wahren Herausforderungen hatten im verschlafenen Weserbergland doch eher Seltenheitswert.

„Rück raus damit!", forderte Kowalski ultimativ und sah seine Erwartungen bestätigt, als Michael die Schublade seines Schreibtisches aufzog und eine einzige, noch dazu sehr dünne Mappe herausholte.

„Bitte sehr", sagte Michael und legte sie Kowalski hin. „Du wolltest es ja nicht anders: Wir tauschen."

Kowalski konnte nicht an sich halten und lachte laut auf. Dass sich sein Kollege eine solche Blöße gab – unglaublich! „Ein einziger Antrag? Willst du mich verkackeiern?"

Michael schürzte die Lippen. „Ich habe es nur gut gemeint. Wollte einem neuen Kollegen nicht gleich die harten Brocken hinknallen." Gedämpft fügte er hinzu: „Es ist uns ja nicht verborgen geblieben, weshalb dich die Bosse in Hannover ins Exil geschickt haben. Da wollte ich dir was Gutes tun mit ein paar Routinefällen."

Kowalski zuckte zusammen. Michael hatte einen wunden Punkt getroffen. Oder besser: einen noch blutenden Punkt, der nicht heilen wollte und wieder und wieder aufsprang. Diese böse Geschichte aus Hannover, über die er gestolpert war und die ihm vorerst alles verbaut hatte. Diese missliche Fehleinschätzung …

„Ach was!", tat er die Sache ab. „Was wisst ihr denn schon!"

Michael streute munter weiter Salz in die Wunde: „Immerhin so viel, dass der Konzern einen Millionenverlust hinnehmen musste. Mehr Geld, als du in deinem ganzen verbleibenden Vertreterleben jemals wieder einspielen kannst."

Kowalski hasste die Zwangsduzerei in diesem Moment mehr denn je. „Ich habe nach bestem Wissen und Gewissen gehandelt. Jeder in meiner Lage hätte es genauso gemacht." Er spürte, wie ihm die Zornesröte ins Gesicht stieg. Um sich abzulenken, hob er den Deckel der nun vor ihm liegenden Akte an.

Auf der ersten Seite des Vorgangs wurden die Antragsteller aufgeführt. Als Kowalski den Stempel einer öffentlichen Institution entdeckte, atmete er erleichtert auf. Denn für einen Augenblick hatte er angenommen, dass er von Michael einen ähnlich gelagerten Fall übernommen hatte wie sein persönliches Waterloo aus Hannover. Das Gegenteil war der Fall: Statt einer Privatperson bat eine behördenähnliche Einrichtung um die Gewährung von Versicherungsschutz. Für Kowalski war dies gleichbedeutend mit einer Garantie auf Seriosität.

„Mein lieber Mann", sagte er nun schon wieder lächelnd zu seinem Kollegen. „Das niedersächsische Landesmuseum fragt um einen Versicherungsschutz an. Ich verwette mein heutiges Mittagessen beim Italiener dafür, dass ich einen guten Tausch gemacht habe."

Michael behielt seine Schlechtwettermiene bei, als er konterte: „Lies dir alles in Ruhe durch und lass dir damit Zeit bis um 12 Uhr. Dann darfst du gern aus lauter Dankbarkeit meine Lasagne zahlen. Oder eben nicht, denn die vermeintlich simpelsten Fälle entpuppen sich oft als die härtesten Nüsse."

Kowalski schüttelte nur den Kopf und vertiefte sich in die Unterlagen. Schnell war ihm klar, dass der Kollege nur bluffte. Wie dem auch sei: Seine Lasagne sollte Michael mal schön selbst bezahlen!

4

„Nele, Schatz, ja, ich weiß. Es ist spät geworden. Ich war noch ein Bierchen zischen im *Kitzinger*. Eine recht nette Kneipe in der Innenstadt. Urig, gemütlich, ein bisschen auf bayerisch getrimmt"

Kowalski stand vor der Mikrowelle in seiner Küche und wartete auf das „Ping", das ihm das Ende der Garzeit seiner Frikadellen mit Reis ankündigen würde, während er telefonierte.

„Nee, nicht mit 'ner Kollegin. Was du wieder denkst! Einfach nur so. Allein mit meiner Akte. – Was für eine Akte? Ach, nicht so wichtig. Ein neuer Vorgang eben, nicht der Rede wert."

Seine Frau aber bestand darauf, dass er ins Detail ging. Also machte er sich die Mühe, ihr das Wenige zu berichten, was er für erwähnenswert hielt: etwa, dass es um den Schutz einiger kulturhistorischer Objekte ginge, genauer gesagt einige fossile Spuren von Urzeittieren, dass diese im Weserbergland nahe der Kleinstadt Obernkirchen gelegen wären und dass die bereits vorhandenen Sicherheitsmaßnahmen seiner Meinung nach vollkommen ausreichten.

„Das ist ein Klacks für uns", sagte er leicht dahin. „Wir versichern sie und kassieren eine ordentliche Prämie, aber zum Schadensfall wird es bestimmt nie kommen."

Nele, die dieses sehr spezielle Thema erstaunlicherweise zu interessieren schien, hakte nach und löcherte ihn mit Fragen. Er nahm an, dass sie es sich deshalb so genau erklären ließ, weil sie eingreifen wollte, bevor er wieder einmal Mist baute. Doch kaum eine ihrer

Fragen konnte Kowalski beantworten, da er bisher selbst nicht tief genug in die Materie eingetaucht war. Nur auf die zentrale Frage seiner Frau vermochte er einzugehen - und zwar auf seine ihm eigene offenherzige Art:

„Mal freiheraus gesagt, interessieren mich Dinosaurier einen Scheißdreck. Du weißt ja, dass ich diese ganzen blöden Jurassic-Park-Filme gemieden habe wie die Pest. Der Dino-Kult hat mich immer bloß genervt." Er grinste. „Aber zum Schutz von ein paar Spuren dieser zähnefletschenden Fleischklopse gegen gutes Geld eine Police auszustellen, dafür bin ich zu haben! Das ist ein sicheres Geschäft."

Seine Frau ließ sich überzeugen, als er meinte: „Sind doch nur Steine, wer klaut schon Steine? Außerdem kann man so einen metergroßen Block ja nicht einfach in die Tasche stecken und mitgehen lassen."

Am Ende bestärkte Nele ihn sogar in seiner Auffassung und meinte, dass diese Aufgabe doch mal etwas ganz anderes sei als die üblichen Routinefälle und ihm guttun würde. Wahrscheinlich spekulierte sie darauf, dass er dadurch von seinem ganz persönlichen Trauma, dem Versicherungs-Supergau in Hannover, abgelenkt werden würde. Nun, es sollte ihm recht sein, wenn es so käme.

Da er nach dem Telefonat noch nicht müde war und seine Frau ihm einen Motivationskick verpasst hatte, beschloss er, seine dünnen Kenntnisse über Urzeittiere auszuweiten. Internetrecherche kam für Kowalski allerdings nicht infrage, da er ja den lieben langen Tag im Büro am Computer saß und seine Wohnung zur Offline-Zone deklariert hatte. Für den Notfall stand ihm zwar ein iPad zur Verfügung, mit dem die HVN alle höheren Mitarbeiter ausgestattet hatte. Doch den Tablet-PC benutzte er vorwiegend im Wortsinn als Tablett, auf dem er mit Vorliebe seine Kaffeetasse abstellte.

Zunächst knipste er den Fernseher an und schaltete sich durch eine Unzahl von Programmen, die ihm die Satellitenschüssel ins Wohnzimmer lieferte. Vielleicht lief ja irgendwo ein Dino-Film oder eine Doku. Doch nach einhundertachtundsiebzig Senderwechseln gab er entnervt auf. Außer einem japanischen Godzilla-Streifen in lausiger Qualität hatte er nichts finden können, was ihm weiterhalf. Und Godzilla diente wohl kaum als wissenschaftliches Anschauungsobjekt für seine Zwecke.

Darum versuchte er sein Glück, indem er sein dürftig bestücktes Bücherregal im Flur durchstöberte. Die meisten Bände waren in Hannover geblieben, nach Hameln hatten es nur einige Krimis und Branchenfachbücher geschafft, aber eben auch ein Karton voller Zeitschriften. Die hatte ihm Nele aufgedrückt mit der Aufforderung, sie entweder zu entsorgen oder aufzuheben, um sie bei Anflügen von Langeweile in Hameln durchzublättern. Kowalski versenkte seine Hände in der Kiste und beförderte einige GEO-Magazine zutage. Vielversprechend, wie er fand.

Und tatsächlich: In einer drei Jahren alten Dezember-Ausgabe stieß er auf den gesuchten Artikel. Mehrere furchteinflößende Dinos mit spitzen Krallen und noch spitzeren Zähnen machten Anstalten, ihm aus dem Titelbild entgegenzuspringen. „Saurier, Panzertiere und Terrorvögel", lautete der reißerische Titel des Textes. Gleich im ersten Absatz erfuhr Kowalski, dass er sich gedanklich in die Zeiten zwischen dreihundert und fünfundsechzig Millionen Jahren vor unserer Zeit zurückversetzen musste, historische Epochen, die sich in Perm, Trias, Jura und Kreidezeit gliederten.

In unbequemer Haltung auf dem Boden des Flurs kauernd, las Kowalski mit wachsendem Interesse über bizarre Kreaturen wie Opabinia, einem matratzenähnlichen Räuber mit Fangrüssel und fünf pilzförmigen Augen. Oder Anomalocaris, dem ersten Panzerknacker der Geschichte, ein stieläugiger Beutegreifer mit nicht weniger als zwanzig Flossen und zwei stacheligen Klauen, der Jagd auf kleine Schalentiere machte.

Er hatte ein knappes Drittel des packend geschriebenen Berichts verschlungen, als das Telefon klingelte. Ob es noch einmal Nele war? Vermisste sie ihn so sehr? Dann wäre es wohl das Beste, wenn er sich ins Auto setzen und schnell rüber nach Hannover sausen würde. Um diese Zeit würde er die fünfzig Kilometer in einer Dreiviertelstunde schaffen, morgen früh im Berufsverkehr dann aber umso länger für den Rückweg brauchen.

„Ja, hallo, Schatz, bist du es?“, meldete er sich.

„Äh. Nein, ich glaube nicht“, antwortete eine Männerstimme nach einigen Sekunden des Zögerns. „Michael am Apparat.“

„Michael?“ Kowalski sah auf seine Armbanduhr: kurz vor halb elf.

„Noch Lust auf einen Drink?“, fragte der späte Anrufer.

Kowalski überlegte, dann sagte er kurzentschlossen zu.

Eine Viertelstunde später hockte er wieder dort, wo er heute Abend schon einmal gesessen hatte: an der Theke des *Kitzinger*, von der sich Michael seitdem nicht wegbewegt zu haben schien. Dafür hatte er etliche Biere Vorsprung und lallte leicht. Das Lokal war trotz der fortgeschrittenen Stunde noch gut gefüllt. Die meisten Tische waren besetzt, und im abgetrennten Raucherpavillon saß eine Knobelrunde einträchtig beieinander.

„Weißt du", hob Michael an, „dass bei der Industrie- und Handelskammer zweihundertsechzigtausend Versicherungsvermittler registriert sind? Hast du eine Vorstellung davon, wie viele das sind? Wir sind eine Plage! Großbritannien kommt mit dreizehntausend aus."

„Ja, ähm, wenn du meinst." Kowalski wusste nicht recht, wie er auf die kritische Selbstanalyse seines Kollegen reagieren sollte.

„Noch dazu sind wir hoffnungslos überaltert. Im Durchschnitt achtundvierzig, nicht mal jeder zehnte Makler ist jünger als dreißig."

Düster starrte er in sein Glas.

„Alt und unbeliebt. Der schlechte Ruf der Allfinanzvertriebe und der Drückerkolonnen strahlt auf die ganze Zunft aus. Wir sind keine gern gesehenen Gäste mehr, wenn wir bei den Leuten vor der Haustür stehen."

Kowalski sah sich genötigt, dem anderen seinen Arm auf die Schulter zu legen und ihm kumpelhaft zuzuraunen: „Nimm's nicht so schwer. Andere altehrwürdige Berufe stecken mindestens genauso tief in der Krise. Du kannst sicher sein: Man wird unsereins nicht abschaffen. Ohne eine solide Versicherung kommt kein Mensch aus, und die HVN lässt keinen im Regen stehen, das wissen die Kunden nur zu gut."

Michael sah ihn an und blies eine Bierfahne in sein Gesicht, als er sagte: „Das gilt vielleicht für dich und deine Kundschaft. Ich wäre auch ein zufriedener Kunde, wenn man mir ein paar Millionen in den Arsch bläst."

Abrupt zog Kowalski seinen Arm zurück. „Wie meinst du das?", fragte er, obwohl er genau wusste, worauf Michael anspielte.

„Sieh mich nicht so böse an. Ich bin frustriert und habe zu viel getrunken. Da hat man es eben nicht mehr so gut im Griff, sich zurückzunehmen."

„Du brauchst dich mir gegenüber nicht zurückzuhalten", sagte Kowalski verärgert. „Ich weiß genau, was im Büro hinter meinem Rücken über mich geredet wird. Aber da steh ich drüber. Das ist mir völlig wurscht."

Michaels Mund verzog sich unter seinen glasigen Augen zu einem schiefen Lächeln. „Glaub' ich dir nicht, Kumpel. Deine Millionenpleite hast du noch lange nicht weggesteckt. Sonst hättest du heute Nachmittag nicht so sauer reagiert, als ich dich ein bisschen damit aufgezogen habe." Er rückte näher an Kowalski heran. „Mal ganz im Vertrauen: Wie ist die Sache eigentlich im Einzelnen gelaufen? Du hast die Alte eines Herrenhausener Schnösels lebensversichert, und sie stirbt, kaum dass die erste Zahlung eingegangen war, stimmt's? Obwohl das so offensichtlich nach Betrug roch, konntest du nichts ausrichten - warum?"

Kowalski spürte ein starkes Unbehagen in sich aufsteigen. Er griff zu dem Bierglas, das ihm hingestellt worden war, und leerte den Inhalt mit wenigen großen Schlucken. „Weil es nichts auszurichten gab!", stellte er kategorisch fest. „Dieser Coup - wenn es denn wirklich einer war - ist absolut wasserdicht gewesen. Es gab einfach keinen Schwachpunkt."

„Na ja, gibt es nicht immer einen Schwachpunkt?" Michael rülpste und sah ihn aus wässrigen Augen an.

In Kowalski bahnten sich zwangsläufig die sorgsam verdrängten Erinnerungen an die folgenschwerste

Fehlentscheidung seiner Laufbahn ihren Weg zurück in sein Bewusstsein. Plötzlich sah er die Gesichter der vornehmen Eheleute wieder vor sich: ein zuvorkommendes und wohlsituiertes Paar, gut aussehend, vor allem die Dame des Hauses von großer Attraktivität, wenn auch mit altersbedingt verblassender Schönheit. Da beide an dem intensiven und keine Details aussparenden Vorgespräch teilgenommen hatten, war Kowalski nicht der leiseste Zweifel an der Aufrichtigkeit seiner Gesprächspartner gekommen. Kowalski, der es gelernt hatte, bei Risikobewertungen bestimmter Größenordnungen nicht nur auf das gesprochene Wort zu achten, sondern auch Feinheiten in Gestik und Mimik wahrzunehmen, empfand den liebevollen Umgang des Ehepaares miteinander als ungemein überzeugend. Nie und nimmer wäre es ihm in den Sinn gekommen, dass vor seiner Nase ein Betrug angezettelt werden sollte – und tatsächlich hatte er es später auch nicht beweisen können. Fakt war: Am Tag nach Inkrafttreten der Lebensversicherung wütete ein besonders heftiges Unwetter über Hannover. Ein Blitzschlag setzte die Villa des Ehepaares in Brand. Der Mann konnte sich ins Freie flüchten, seine Frau verlor im dichten Qualm das Bewusstsein und verbrannte im Treppenhaus. Weder Feuerwehr noch Kriminalpolizei fanden die geringsten Spuren von Fremdeinwirkung oder Manipulation. Kowalski blieb nichts anderes übrig, als die Auszahlung der Millionensumme an den Witwer anzuweisen – und damit seiner eigenen Karriereleiter einen kräftigen Tritt zu verpassen.

„Wäre wohl besser gewesen, wenn du die Olle gar nicht erst versichert hättest, was? Normalerweise merkt man das doch, wenn man abgezockt werden soll. Vielleicht stimmt etwas nicht mehr mit deinem Gespür?"

Kowalski beschloss, diesem unangenehmen Gespräch ein Ende zu setzen und knallte einen Zehn-Euro-Schein auf den Tresen. „Ich habe nach wie vor ein sehr gutes und ausgeprägtes Gespür.“ Er schob den Barhocker zurück und stand auf.

„Das bewahrt mich davor, weiter auf dein Gelaber einzugehen und dir am Ende eine zu verpassen. Gute Nacht!“

Endlich zurück in seiner Einzimmerwohnung, war Kowalski zu geschafft, um den Umweg übers Badezimmer einzulegen. So wie er war ließ er sich aufs Bett fallen, und es machte ihm rein gar nichts aus, dass er unter den Achseln roch. Man musste auf niemanden Rücksicht nehmen. Wenigstens ein Vorteil, den das aufgezwungene Strohwitwerleben bot, dachte er und versank sogleich in einen tiefen Schlaf.

Als seine Gedanken verschwammen und in die Welt der Träume überglitten, fand er sich in einem Paradies wieder. Umgeben von exotischen Pflanzen schlenderte er über das weiche Gras eines sanften Hügels inmitten eines tropischen Regenwaldes. Eine fremdartige Geräuschkulisse umgab ihn, ein friedvolles Pfeifen und Flöten. Die Luft duftete würzig feucht, und er beobachtete wunderschön gemusterte handtellergroße Falter, die neben ihm flatterten, um sich gleich darauf auf seinem ausgestreckten Arm niederzulassen.

Unbefangen ging er weiter, passierte schilfumrandete Tümpel, mit Lianen behangene Baumriesen und in strahlenden Regenbogenfarben gemusterte Vögel. Wunderschön, dachte Kowalski und genoss die Illusion. Das Gurren, Zwitschern, Flöten und Surren der Tiere und Insekten begleitete ihn auf seinem Weg tiefer hinein in den Wald. Und obwohl die Umgebung gänzlich fremd für ihn war, fühlte er sich geborgen und sicher.

Das änderte sich, als der Boden unter seinen Füßen zu beben begann. Schlagartig verstummten die Vögel, gleichzeitig verschwanden die Schmetterlinge aus seinem Gesichtsfeld. Kowalski blieb stehen und lauschte in die Stille.

Ein unheilvolles Grummeln baute sich schnell zu einem lauten Dröhnen auf. Die Bäume begannen zu wackeln, Affen kreischten entsetzt bei ihrer Flucht. Mit aufkeimender Angst sah sich Kowalski um. Er beobachtete, wie sich das Buschwerk bewegte, als würde eine starke Windböe hindurchjagen. Doch es herrschte Windstille!

Der wahre Auslöser für das gewaltsame Auseinanderpeitschen der Sträucher und Gräser bildete sich plastisch vor ihm ab: Ein riesiger Körper raste auf ihn zu. Eisgrau, haushoch und wahnsinnig schnell!

Kowalski begann zu laufen. Nur weg von hier! Flüchten, solange es noch ging! Ein Saurier war ihm auf den Fersen. Unglaublich, aber wahr! Ein Ungetüm aus der Vergangenheit schickte sich an, ihn zu überrennen, plattzuwalzen, zu zermalmen!

Während er um sein Leben lief, merkte er, wie der Boden unter ihm immer stärker zitterte. Auch das Dröhnen wurde lauter und lauter. Unerträglich!

Er presste sich die Hände auf die Ohren – und wurde wach.

Irritiert sah sich Kowalski in seiner dunklen Wohnung um. Irritiert vor allem deshalb, weil sein Albtraum zwar abrupt beendet worden war, die Geräuschkulisse sich aber nicht im Mindesten verändert hatte. Auch das Beben des Bodens hielt unvermindert an. Wie konnte das sein?

Kowalski sprang von seinem Schlafsofa, rannte zur Balkontür und riss sie auf. Das Dröhnen war hier draußen sogar noch lauter. Barfuß tapste er über die Fliesen und lehnte sich über die Brüstung.

Nun sah er sie: die Kolonne! Panzer um Panzer rollte über die Hochstraße, keine zwanzig Meter von seinem Balkon entfernt. Die Briten verlegten eine Division. Mitten in der Nacht, wohl weil tagsüber der Straßenverkehr nicht behindert werden sollte. Die schweren Ketten rasselten über den Asphalt und machten einen Höllenlärm.

Abermals hielt sich Kowalski die Ohren zu. Doch den lauten Schlag, den die Balkontür verursachte, als sie hinter ihm zufiel, hörte er sehr wohl.

5

„Warum humpelst du?“, erkundigte sich Jürgen mehr neugierig als mitfühlend, als Kowalski das Büro betrat. Der Chef saß auf seinem Sessel, die Beine über Kreuz auf die Schreibtischplatte gelegt, in den Händen ein Halbmeter-Sandwich.

Kowalski hatte nicht die geringste Lust sich zu erklären. Am liebsten wäre er still und leise hinter seinem Schreibtisch verschwunden und hätte sich in seine Arbeit vertieft. Doch die Tür zum Chefbüro stand wie immer offen, und Jürgen entging nichts.

„Ein Unfall“, antwortete er unverbindlich.

Jürgen lachte. „Was für ein Glück, dass du bei einer Versicherung arbeitest. Dann weißt du ja, wie man aus einem Unfall Kapital schlägt.“

„Das wird bei Selbstverschulden schwierig“, gestand Kowalski seine nächtliche Schlappe ein. „Ich habe mich auf meinem eigenen Balkon ausgeschlossen. Die Tür fiel zu, und der blöde Hebel klappte nach oben.“

Jürgen legte seine Stulle beiseite. „Ja, und? Konntest du nicht klopfen, damit dich jemand reinlässt?“

„Wer denn? Ich lebe hier doch allein. Ich habe versucht, die Tür von außen aufzudrücken. Keine Chance. Dann habe ich gerufen, aber niemand hat mich gehört. Kein Wunder, denn es fuhr gerade eine Panzerkolonne vorbei. Tja, und mein Handy lag drinnen. Zum Greifen nahe auf der Fensterbank.“

„Was hast du also getan?“ Jürgen war so ergriffen von der Geschichte, dass er seine Beine vom Tisch nahm.

„Ich habe mich zum nächsttieferen Balkon gehangelt."

„Die Leute waren bestimmt begeistert! Mitten in der Nacht fällt ein Mann vom Himmel!"

„Sicher - wenn jemand zu Hause gewesen wäre. Aber wieder Fehlanzeige. Also musste ich noch einmal springen. Bis hinunter auf den Vorplatz. Der ist gepflastert. Das hat mir mein Knöchel nicht verziehen."

„Zeig mal her!", forderte Jürgen und kam neugierig näher.

Kowalski bückte sich und krempelte seine Socke herunter.

„Uuuiiii!", rief Jürgen. „Ganz blau! Damit würde ich zum Arzt gehen."

„Nee." Kowalski zog den Socken wieder hoch. „Zu viel zu tun. Ich muss mich um diese Saurierspuren kümmern. Der Vorgang wartet ja schon eine ganze Weile auf seine Bearbeitung", stichelte er in Richtung des Kollegen Michael.

Doch Jürgens Fürsorgepflicht duldete keine Widerrede. „Die Saurier sind schon so lange ausgestorben, da kommt es auf ein paar Stunden mehr oder weniger nicht an. Du gehst zum Arzt und lässt den Fuß röntgen! Aber vorher komm doch bitte auf einen Sprung in mein Büro", forderte Jürgen ihn auf, wobei ihm das Wortspiel mit dem Sprung offensichtlich prächtig gefiel. „Und bitte mach hinter dir zu."

Der Chef wollte ihn unter vier Augen sprechen - warum? Unwillkürlich fragte sich Kowalski, ob er etwas ausgefressen hatte. „Was gibt's denn?", fragte er, ohne sich sein Unbehagen ansehen zu lassen.

Jürgen gab ihm ein Zeichen, sich zu setzen. „Nichts Besonderes. Ich fand es bloß an der Zeit, dass wir uns mal unter unseresgleichen unterhalten. Du verstehst:

Führungskräfte müssen sich ab und zu von der Belegschaft absetzen. Man muss den anderen die natürlichen Grenzen aufzeigen."

Kowalski betrachtete das flache, teigige Gesicht des Niederlassungsleiters. Der große runde Kopf wurde von einem kurzen, dichten schwarzen Haarkranz gesäumt. Das Kinn wies grau schimmernde Stoppeln auf, denn selbst wenn sich Jürgen jeden Morgen rasierte, gewann man bereits mittags den Eindruck, dass er bei der Rasur keine sonderliche Sorgfalt walten ließ. „Wir sollen die Vorgesetzten herauskehren?", fragte Kowalski etwas befremdet. „Warum denn? Meinst du, damit können wir die anderen beeindrucken?"

„Jedenfalls dürfen wir die Zügel nicht zu sehr schleifen lassen. Das ist wichtig. Durch das Duzen geht viel Autorität flöten. Deswegen müssen wir uns auf andere Weise Respekt verschaffen."

„Indem wir den anderen die Tür vor der Nase zuschlagen?"

Jürgen rieb seinen breiten Hintern unruhig auf dem Schreibtischstuhl. „Jetzt fang nicht auch noch an, meine Anweisungen infrage zu stellen! Ich habe meine liebe Not damit, Susi und Andrea in Schach zu halten."

Kowalski dachte an die kleine, mausgraue Andrea, die auf der einen Seite unscheinbar und schwach wirkte, auf der anderen Seite aber ein zähes Biest sein konnte. Kowalski hatte mehrmals mitbekommen, wie sie am Telefon auf das Recht der HVN beharrt und sich dabei als harte Verhandlungspartnerin gegeben hatte. Man durfte sich von ihrem harmlosen Äußeren nicht täuschen lassen.

Auch dass Jürgen Probleme hatte, sich gegenüber Susi durchzusetzen, verstand Kowalski auf Anhieb:

Susi, fast zwei Köpfe größer als Andrea und körperlich das, was man gemeinhin als Vollweib bezeichnet, ließ sich von niemandem die Butter vom Brot nehmen. Wie Andrea war sie Mitte dreißig, strotzte im Gegensatz zur Kollegin aber vor Selbstbewusstsein, das sie nicht nur auf ihren Körperbau, sondern wohl auch auf reichlich Lebenserfahrung gründete. Sie kannte sich aus mit all den Facetten der menschlichen Psyche – insbesondere wohl derer von Männern. Aus dem Wenigen, was Kowalski bislang mitbekommen hatte, schloss er auf Susis beachtlichen Verschleiß an Liebhabern. Ihr Auftreten spiegelte ihr Selbstverständnis als rundum emanzipierte Frau wider. Wahrscheinlich, so mutmaßte Kowalski, befürchtete Jürgen, dass Susi eines nicht allzu fernen Tages damit beginnen würde, an seinem Chefsessel zu sägen.

„Auch Michael darf man nicht verwöhnen", meinte Jürgen mit sorgenvoller Miene. „Der soll nicht denken, dass er hier eine große Nummer ist. Wenn wir ihn nicht kleinhalten, kommt er auf dumme Gedanken. Oder wird noch fauler als er schon ist."

Kowalski hielt den Kollegen, der das Auftreten eines einfach gestrickten Bauern an den Tag legte, ebenfalls für träge und wenig emsig. Statt ihn kleinzuhalten, wie es Jürgen formuliert hatte, könnte man den Kollegen allerdings auch fördern und seinen Ehrgeiz wecken, fand Kowalski. „Was hältst du davon, Michael und den anderen mehr Verantwortung zu geben?", fragte er frei heraus, wohlweislich, dass er den Niederlassungsleiter damit ärgerte.

Jürgen sah ihn mit schiefem Lächeln an, als warte er auf die Pointe. „Nein, Kowalski, du hast mich missverstanden: Nicht mehr, sondern weniger Verantwortung will ich denen geben. Ich habe neulich ein Managerseminar mitgemacht, und da haben die gezeigt, was passiert, wenn man die Untergebenen zu sehr fördert. Die danken's einem, indem sie einen in der Hierarchie überholen."

„Nichts für ungut, Jürgen, aber ich glaube, das siehst du etwas pessimistisch. Gib ihnen eine Chance, sich zu entfalten. Das tut dem Betriebsklima gut und erhöht die Produktivität."

Jürgen kniff die Augen zusammen: „Wohl eher den Wunsch nach Gehaltserhöhungen! Nein, nein, Kowalski, ich führe auf die klassische Art: Es kann nur einen Boss geben, und der bin ich!" Mit Blick auf Kowalski fügte er hinzu: „Gut, mit dir zusammen gibt es eineinhalb Bosse." Er lachte über seinen eigenen Witz, ging zur Tür und stieß sie auf. Dann sagte er so laut, dass es auch alle anderen hören konnten: „Wenn du es zeitlich hinkriegst, kannst du ja zur Mittagspause wieder da sein und berichten, wie es deinem Fuß ergangen ist. Du weißt ja: um zwölf Uhr beim Italiener in der Baustraße."

Kowalski stöhnte. „Warum denn schon wieder beim Italiener?"

„Weil wir da jeden Mittag hingehen", stellte Jürgen kategorisch fest. „Weil es italienisch ist und schnell und günstig."

„Und …?"

„Und … – weil halt!", beendete Jürgen die Unterredung. „Ab mit dir zum Arzt! Wir sehen uns um zwölf."

Da er es bis zu seinem langjährigen Hausarzt in Hannover, dem er vertraute und den er fachlich schätzte, nicht schaffen konnte, suchte er sich den erstbesten Hamelner Doktor aus den Gelben Seiten.

Er humpelte die Treppen des HVN-Gebäudes herunter, trat auf den Gehsteig und kollidierte mit einer gedrungenen Frau, in deren rundlichem Gesicht das blanke Entsetzen stand, als sie ihn sah.

„Entschuldigung!", sagte er und stellte fest, dass die Frau asiatische Züge aufwies. Oder lag es am Speck, der ihre Augen besonders schmal erscheinen ließ?

Die Frau starrte ihn wort- und fassungslos an.

„Na, so schlimm war es doch auch nicht", versuchte Kowalski sie zu beruhigen. „Oder tut Ihnen etwas weh? Habe ich Sie mit meinem Rempler verletzt?"

Endlich fand die Unbekannte ihre Fassung wieder. „Nein, ich bin nur so überrascht, Sie hier zu treffen."

Kowalski fragte sich unwillkürlich, ob er die kleine dicke Dame kennen müsste, doch erschien sie ihm auch bei näherer Betrachtung gänzlich fremd. „Ich arbeite hier", versuchte er die Normalität seiner Anwesenheit an diesem Ort plausibel zu machen. „In diesem Haus, dritter Stock, bei der HVN-Versicherung."

„Ich weiß", sagte die Frau zu seiner Überraschung. „Ich war auf dem Weg zu Ihnen, aber ich hatte nicht damit gerechnet, dass Sie mir entgegenkommen. Ein Zeichen der Vorsehung."

„Bitte?"

„Die Vorsehung hat uns zusammengeführt", sagte die Fremde, als wäre dies das Selbstverständlichste der Welt und zückte eine Visitenkarte, die sie als Ai Fang Wang auswies, Mitarbeiterin eines Zentrums für ganzheitliche Behandlung, Akupunktur und Feng Shui-Beratung.

Andrea, Susi, Michael und Jürgen saßen bereits an ihrem Stammplatz beim Italiener in der Baustraße, als Kowalski zu ihnen stieß.

„Du humpelst ja gar nicht mehr!", stellte Andrea sogleich fest.

Und Jürgen erkundigte sich: „Bei welchem Arzt warst du denn? Muss ja ein echter Wunderheiler sein!"

„Damit liegst du gar nicht mal verkehrt", bestätigte Kowalski und gesellte sich zu der Runde. Kaum hatte er Platz genommen, legte ihm Luigi, der Wirt, die in braunes Kunstleder verpackte Tageskarte vor. „Spaghetti Carbonara", orderte Kowalski. „Und ein kleines Mineralwasser. Oder nein", sagte er schnell und dachte an die unverhältnismäßig hohen Kosten der Getränke, „lassen Sie das Wasser weg."

Luigi wollte schon gehen, da bekam ihn Jürgen am Hemdzipfel zu fassen. „Vergiss den Parmesan zu meinen Tortellini nicht!", schärfte er dem Wirt ein.

Der kleine drahtige Italiener verzog gequält das Gesicht: „Du immer leeren ganzen Parmesan-Topf! Parmesan teurer Käse. Du treiben mich in den Ruin!"

„Ich will meinen Parmesan, kapito?", beharrte Jürgen auf sein Recht.

Luigi nickte widerstrebend, woraufhin Jürgen seinen Hemdzipfel freigab. Sogleich wandte Jürgen sich erneut Kowalski zu: „Erzähl schon: Wie heißt der Superdoktor?"

Und Kowalski erzählte von seiner ebenso plötzlichen wie heftigen Bekanntschaft mit Ai Fang Wang und davon, dass er spontan ihr Angebot angenommen habe, seine Fußschmerzen mittels altchinesischer Heilkunde zu behandeln.

„Du hast dich akupunktieren lassen?", fragte Susi ungläubig.

„Du weißt schon, dass die HVN für solche Scharlatanerie nicht aufkommt", stellte Michael trocken fest.

Kowalski bejahte beides. „Aber es hat geholfen. Und wie! Vier kleine Pikse, die ich kaum gespürt habe, schon war ich den Schmerz los. Kaum zu glauben, aber wahr."

„Trotzdem zahlen wir solchen Humbug nicht", meinte Michael, woraufhin ihn Jürgen in die Schranken wies:

„Mach mal halblang, Michi. Ich will mehr darüber wissen: Wohin genau hat dich die Chinesin gepikt?"

Auch Andrea und Susi schauten Kowalski nun höchst interessiert an. Er hüstelte ein wenig verlegen. „Darüber möchte ich im Detail nicht reden. Aber der Erfolg der Behandlung ist nicht anzuzweifeln. Vielleicht sollten wir die Statuten unserer Krankenversicherung überdenken."

Er legte eine Pause ein, bevor er weiterberichtete, denn er war sich nicht sicher, wie die Kollegen auf die nun folgende, weitaus ungewöhnlichere Nachricht reagieren würden. Schließlich gab er sich einen Ruck und sagte: „Da ist noch etwas: Ai Fang Wang hat mich gewarnt. Sie sagte, wir sollten den Antrag für die Absicherung der Saurierspuren nicht annehmen."

Vier Augenpaare musterten ihn voller Erstaunen. Michael fand als Erster einen passenden Kommentar: „Ach, was! Ai Fang Wang kann nicht nur piksen, sondern auch orakeln. Ein wahres Multitalent, wow! Diese Ai Fang Wang – was ist da eigentlich der Vor- und was der Nachname?"

„Das tut nichts zur Sache", fuhr ihm Jürgen abermals über den Mund. „Ich will mehr darüber wissen, Lukas: Was hat diese Chinesin mit der Sauriersache zu schaffen?"

Kowalski warf Michael einen gehässigen Blick zu, bevor er antwortete: „Nun, das ist in der Tat ein wenig obskur: Ai Fang Wang behauptet, jemanden zu kennen, der ein Anspruchsrecht auf alle Ausgrabungen fossiler Funde aus diesem Zeitalter für sich proklamiert. Dieser Jemand ist weniger Wissenschaftler als vielmehr Sammler - und offenbar außerordentlich energisch bei der Umsetzung seiner Interessen."

„Darunter kann ich mir nichts vorstellen", meinte Jürgen. „Werde bitte konkreter."

„Viel konkreter kann ich nicht werden", antwortete Kowalski. „Ai Fang Wang hat sich ziemlich verschlossen gegeben, nachdem sie ihre Warnung ausgesprochen hatte. Nur mit Mühe und Not konnte ich den Namen dieses ominösen Sammlers aus ihr herauskitzeln."

„Wir sind gespannt", sagte Andrea, „wie heißt der seltsame Knabe?"

Kowalski kam sich selbst etwas zweifelhaft vor, als er den Namen preisgab: „Der Sammler nennt sich angeblich Dr. Fu Man Chu und er soll bekannt dafür sein, dass er ..."

Weiter kam er nicht, denn Michael brach in dröhnendes Gelächter aus, kaum dass Kowalski ausgesprochen hatte: „Fu Man Chu sagt du? Fu Man Chu? Hach, herrlich, köstlich, ich lache mich tot!"

Während sich Michael amüsierte, starrten ihn die anderen fragend an. „Was gibt's da zu lachen?", fragte Jürgen und kehrte mit der Strenge im Tonfall den Chef heraus.

Michael wischte sich die Tränen aus den Augenwinkeln. „Ja, erinnert ihr euch denn nicht mehr? Habt ihr früher nicht diese alten Schinken im Fernsehen gesehen? Waren doch fast so gut wie die Edgar Wallace-Streifen." Er blickte in die Runde, erkannte jedoch nur unverständige Gesichter. „Dr. Fu Man Chu war ein Filmbösewicht! Eine Kunstfigur! Fies und bitterböse, aber eben bloß eine Figur auf der Leinwand. Die Chinesin hat dich verarscht, Kowalski!"

Luigi trug das Essen auf und stellte eine Schüssel mit geriebenem Parmesan in die Mitte des Tisches. Jürgen griff sogleich danach. Anstatt ein oder zwei Löffel davon über sein Gericht zu verteilen, kippte er die komplette Ladung darauf.

„Bring doch bitte gleich eine zweite Portion!", rief er dem Wirt nach, der sich mit gekrümmtem Rücken in die Küche trollte.

6

Saurier. Was sollte er mit dieser branchenfremden Materie bloß anfangen, fragte sich Kowalski in einer seiner vielen einsamen Stunden, die er in seiner Einzimmerwohnung am Weserufer verbrachte.

Die einzigen Berührungspunkte, die er in seinem Gedächtnis aufstöbern konnte, machte er in einem circa fünf Jahre zurückliegenden Urlaub fest: Zusammen mit Nele war er nach Franken gereist. Vom kleinen Örtchen Gunzenhausen, südlich von Nürnberg gelegen, brachen die beiden mit dem Fahrrad zu einer mehrtägigen Tour entlang der Altmühl auf. Eine wunderschöne Route in einer landschaftlich traumhaften Kulisse. Kowalski hatte sofort wieder bildhafte Eindrücke parat, während er zurückdachte: Er sah saftig grüne Wiesen, buttergelbe Getreidefelder mit roten Sprenkeln in Form von Mohnblumen. Auf der teilweise wilden Altmühl kämpften Kanufahrer gegen Stromschwellen an, und im Hintergrund erhoben sich schroffe Felsen gen Himmel.

Diese Felsen waren es auch, die den Zusammenhang zu seiner aktuellen Lage darstellten: Denn entlang des Altmühltals wurde schon seit Jahrhunderten Bergbau betrieben – und auch dort stieß man auf Funde aus der Urzeit. Der berühmteste war der Urvogel Archäopteryx. Ein Fossil, das es zu weltweitem Ruhm gebracht hatte.

Vor den Toren Solnhofens, der Fundstätte des legendären Vogels, kehrten Nele und er in einer Klostergaststätte ein, genossen das Brot der Mönche mit deftigem Bärlauchaufstrich und stöberten in den Souvenirgeschäften vis-à-vis eines kleinen Fossilienmuseums. Nele erstand einen versteinerten Tintenfisch, Kowalski entschied sich für einen Bergkristall. Oder war es umgekehrt?

Über den Archäopteryx erfuhren sie Erstaunliches: Etwa dass er zwar den heutigen Vögeln durchaus ähnelte, aber vermutlich trotz seiner beachtlichen Flügelgröße nicht abheben konnte, sondern auf Bäume klettern musste, um von dort aus hinabzugleiten.

Der Urvogel war eine Zwischenform auf dem langen Weg vom agilen, räuberischen Reptil, über den schnellen Jäger und später dem fast schon modernen Vorvogel Yixianornis bis hin zum heutigen Huhn, das anatomisch dem Archäopteryx beinahe bis aufs Haar - oder besser: die Feder - gleicht. Seitdem nannte Kowalski den Archäopteryx nur noch „altes Suppenhuhn" - was er aus heutiger Perspektive selbst als ziemlich respektlos empfand.

Beim grazilen Solnhofner Urflügler hatte die Evolution dafür gesorgt, dass sich die Vorderextremitäten weiter verlängerten als bei seinen reptilienhaften Ahnen. Außerdem war er schon ganz von flugtauglichen Federn bedeckt. Auch der Schwanz war gefiedert und diente nach heutigem Wissensstand als Manövrierorgan in der Luft. Kowalski hatte sich diese Details gemerkt, weil sie ihn schon damals fasziniert hatten, auch wenn er sich niemals hätte träumen lassen, dass diese Kenntnisse einmal von Bedeutung für ihn sein könnten. Eine zentrale Rolle beim Werdegang des Vogels hatte die Feder gespielt, denn der Umbau des Skeletts allein war für die Eroberung des Himmels nicht ausreichend gewesen.

Die bis heute anhaltende Strahlkraft des Archäopteryx ließ selbst im etliche Kilometer entfernten Eichstätt nicht nach, wo Nele und er am Ende ihrer Tour ankamen. Inmitten der barocken Altstadtkulisse tauchte der Urvogel in Form von Postern, Abgüssen und Miniaturen an allen Ecken und Enden auf.

Sollten es die Obernkirchner Trittsiegel zu einer ähnlich großen Popularität bringen, würde nicht nur ihr ideeller Wert beträchtlich steigen, zog Kowalski in Betracht. Und bei diesen Überlegungen erschien ihm das Ansinnen, ein paar Steinzeichen zu versichern, mit einem Mal doch nicht mehr ganz so abwegig zu sein ...

7

Er stellte seinen Wagen auf einem geschotterten Parkplatz am JBF-Centrum ab, das sie über eine serpentinenreiche schmale Straße erreicht hatten. Das Jugend- und Freizeitzentrum lag in erhabener Höhe auf den Bückebergen am Rande des Waldes, untergebracht in den ehemaligen Wohn- und Verwaltungsgebäuden der Obernkirchner Sandsteinbrüche und nur eine knappe halbe Stunde Fußmarsch vom Saurierfeld entfernt. Es war zehn Uhr am Morgen.

Kowalski war nicht allein, als er den Weg am Sportgelände des JBF-Centrums passierte, an Wiesen vorbei und hinein in den mit jedem Schritt dichter werdenden Fichtenwald, versetzt mit einigen Laubbäumen und Farnen. Jürgen hatte darauf bestanden, ihm Susi an die Seite zu stellen. Nach der seltsamen Warnung von Ai Fang Wang hielt er das wohl für nötig.

Tatsächlich fühlte sich Kowalski in Susis Begleitung sicherer. Denn die Kollegin mit dem Gesicht, den Haaren und der Oberweite von Barbara Schöneberger war nicht nur groß gewachsen und kräftig, sondern verbrachte ihre Freizeit vorwiegend in der Jiu Jitsu-Abteilung des Postsportvereins.

Er durfte sie als seinen persönlichen Bodyguard betrachten. Ein Gedanke, der ihm ein schelmisches Grinsen ins Gesicht zeichnete.

Strammen Schrittes folgten sie den Hinweistafeln, die sie zu ihrem Ziel führen sollten. Der Forstweg zog sich über eine lange Strecke und bot wenig Abwechslung, wie Kowalski etwas abfällig bemerkte: „Ziemlich eintönig."

„Ja, hauptsächlich Nadelhölzer und darunter Moose und Sporenpflanzen“, bestätigte Susi, zeigte dann jedoch auf einen Baumriesen nahe einer Lichtung: „Es gibt aber auch einige Highlights. Zum Beispiel die Bückeberg-Buche. Diese da müsste um die zweihundert Jahre alt sein“, wusste sie. „Früher waren die Wälder hier voll davon. Aber die Holzwirtschaft machte ihnen schon vor dreihundert Jahren den Garaus. Geblieben sind die Fichten, und die machen alles ziemlich finster und feucht.“

Kowalski machte Anstalten, den Weg zu verlassen, um sich die Bückeberg-Buche näher anzusehen, wurde jedoch von seiner Begleiterin zurückgehalten. Sie wies ihn auf ein Schild hin, das von Flechten überzogen und kaum noch lesbar an einen Stamm genagelt worden war:

„Achtung! Stolleneinbruch!“

Susi klärte Kowalski darüber auf, dass quasi der gesamte Berg von Stollen durchzogen sei, nachdem die Bodenschätze des Gebirgszugs über Jahrhunderte systematisch ausgebeutet worden waren, vor allem für die Steinkohlegewinnung in der Region bis 1961. „Ein falscher Schritt und du versinkst auf Nimmerwiedersehen in einem Erdloch“, warnte sie ihn.

Kowalski hielt sich tunlichst an diesen Rat.

Ihr Ziel kündigte sich durch das plötzliche Aufreißen des dunkelgrünen Vorhangs an, der sie bis eben in Form der dicht an dicht stehenden Fichten begleitet hatte. Sie passierten ein Tor in einem Maschendrahtzaun, erklommen eine kleine Anhöhe, woraufhin sich ihnen freie Sicht auf ein weites, zerklüftetes Areal bot: der Steinbruch!

Während im hinteren Teil des weitläufigen Geländes die Sandsteingewinnung im vollen Gange war und sich knallgelbe Maschinengiganten in das Gestein gruben, wirkte der vordere Bereich wie auf wundersame Weise befriedet. Eine ebene Fläche - ein Refugium -, umsäumt von einem Lochgittersteg und durchkreuzt von hölzernen Pfaden, stellte die geschützte Zone dar: das Spurenfeld der Saurier.

Und dann sah er sie selbst: Abdrücke von beeindruckender Größe und mit so deutlichen Konturen, als wären sie von ihren Verursachern erst vor Kurzem hinterlassen worden.

„Fantastisch!", rief Kowalski und konnte kaum glauben, wie lang und ausgedehnt die komplett erhaltenen Fährten waren. Ein Abdruck lag neben dem anderen! Ganze Heerscharen von Dinos mussten hier zu Urzeiten um die Wette gerannt sein. So etwas hatte Kowalski niemals zuvor gesehen.

Susi gab sich weniger beeindruckt und nickte in Richtung einer kleinen Gruppe, die mit Hammer, Meißel und anderen Gerätschaften am Rande des Feldes beschäftigt war. Susi machte keine großen Umstände, klemmte Daumen und Zeigefinger zwischen die Lippen und stieß einen Pfiff aus, der selbst das Dröhnen der Maschinen übertönte.

Daraufhin setzte sich ein spindeldürrer Mann mit grauem Haarkranz von der Gruppe ab und kam auf sie zu.

„Professor Voigt, Chef-Paläontologe am Landesmuseum Hannover", stellte sich der Nickelbrillenträger vor und reichte ihnen die Hand. „Ich bin der Ausgrabungsleiter, und Sie müssen die Herrschaften von der Versicherung sein. Schön, dass es mit der Police jetzt endlich vorangeht."

„Wir tun unser Möglichstes." Kowalski lächelte den schmalbrüstigen Professor an, dessen Hosenbeine durch das Herumgerutsche auf Knien dieselbe rostrote Färbung angenommen hatten, die der Untergrund aufwies. „Eine spannende Arbeit haben Sie sich ausgesucht", meinte er mit Blick auf die Fährtenplatte.

Voigt nahm dies als Aufforderung, über seine Tätigkeit zu berichten: „Als es vor fünf Jahren losging, hat noch keiner von uns etwas von der Dimension dieses Projekts geahnt. Nirgends sonst auf der Welt gibt es ähnlich zahlreiche und ausgeprägte Spuren der Iguanodons, einer Gattung der Dinosaurier aus der frühen Kreidezeit, rund hundertvierzig Millionen Jahre vor unserer Zeit."

Kowalski, der bei den Gedanken an Saurier stets nur die riesenhaften Fleischberge der Gattung Brontosaurus und die Terror-Echsen vom Schlage eines Tyrannosaurus Rex vor Augen hatte, interessierte sich für das Aussehen der ihm gänzlich unbekannten Iguanodons.

Voigt ging bereitwillig darauf ein: „Ausgewachsene Iguanodons waren stattliche Erscheinungen: Acht bis neun Meter lang, fünf Meter hoch, brachten sie viereinhalb Tonnen auf die Waage, also in etwa so viel wie ein Elefant. Iguanodons bewegten sich zweibeinig auf den Hinterläufen vorwärts. Die Anordnung der Spuren hat uns gezeigt, dass sie dabei gewatschelt sind wie Schwäne oder fette Enten." Der Professor bückte sich nach einem der Abdrücke: „Schauen Sie sich das Trittsiegel genau an: Markenzeichen der Iguanodons sind die drei Zehen mit einem spitzen Daumen, der vermutlich auch als Waffe diente. Verteidigen und Jagen konnten die Iguanodons aber ebenso gut mit ihrem ausgeprägten Gebiss. Mit Zähnen ähnlich denen eines heutigen Leguans, nur um ein Vielfaches vergrößert."

„Respekt!", kommentierte Kowalski. „Beeindruckende Maße."

Voigt nickte. „Beeindruckend ist vor allem die Konzentration einer Vielzahl hervorragend erhaltener Spuren: Zweitausendzweihundert Abdrücke haben wir gezählt, weshalb die Platte in der Fachwelt den Namen ‚chicken yard', also Hühnerhof, erhalten hat. Dies beweist, dass die Iguanodons nicht einfach nur durchgelaufen sind, sondern sich hier längere Zeit tummelten."

Kowalski, den die schiere Vielzahl der versteinerten Fußabdrücke nicht gänzlich kalt ließ, wollte mehr über die Entstehung der Spuren wissen: „Mal ganz laienhaft gefragt: Wie kann es sein, dass all diese Abdrücke nach so vielen Jahren noch erhalten sind? Wenn ich spazieren gehe, sind meine Fußspuren nach kurzer Zeit verwischt und verschwunden. Ausradiert durch Regen, Wind und Wetter. Für die Saurier müssten doch dieselben Naturregeln gegolten haben, oder?"

Voigt quittierte seine etwas naiv formulierte Frage mit einem verständnisvollen Nicken. „Ganz recht. Deswegen sind wir so begeistert über die Ausnahme, die wir hier an Ort und Stelle vorgefunden haben." Er bückte sich zu einer der Spuren und strich mit ausgetreckten Fingern darüber. „Gestatten Sie mir, es bildhaft zu formulieren: Vor hundertvierzig Millionen Jahren herrschten in unserer Region wahrhaft tropische Verhältnisse. Gewaltige Baumfarne, Schachtelhalme und Bärlappgewächse wiegten sich im Wind. In der Kreidezeit begann auch die Entstehung des Sandsteins. Der Bückeberg lag damals nicht, wie heute, im Landesinneren, sondern an der Küste des sogenannten Kreidemeers, eine Art Ur-Ozean. Flüsse, viel mächtiger als die Weser, ergossen sich ins Meer und führten Myriaden Sandkörner mit sich, die sich hier absetzten. Die gröberen Körner sanken auf Grund, verdichteten sich und machen heute die besondere Feinkörnigkeit und Kompaktheit des Obernkirchner Sandsteins aus, der zu fünfundneunzig Prozent aus Quarzsand besteht. Der Sandstein wurde ein Exportschlager sogar nach Übersee." Voigt blickte versonnen über die großflächig verteilten Spuren. „Es war warm damals. Sehr warm und feucht - paradiesische Verhältnisse für die Tierwelt! Die schweren Iguanodonten stapften durch das seichte Wasser des Strandes. Ihren Fährten folgten hungrige Raubsaurier. Der kleine flinke Raptor etwa. Aber auch die Vorläufer des Tyrannosaurus, die bis zu zwölf Meter langen Allosaurier, sind in dieser Gegend auf Nahrungssuche gegangen. Nach unseren Erkenntnissen muss eine Sturmflut von den Ausmaßen eines Tsunamis dem ein überraschendes Ende bereitet haben: Die Wassermassen überströmten den Bückeberg, rissen Pflanzen und Tiere mit sich. Das Wasser spülte aber auch große Mengen feinsten Sandes an Land, der sich über die Trittsiegel der Saurier legte und diese für die kommenden Dekaden versiegelte." Der Forscher strahlte Kowalski glücklich an. „Wir sind diejenigen, denen das große Glück beschert wird, diese Siegel zu brechen."

„Beeindruckend", sagte Kowalski und meinte es ernst. „Klingt spannender als der Inhalt jedes Dinofilms."

Ein Lächeln huschte über das Gesicht des hageren Forschers, als er Kowalski und Susi ein paar Meter weiter zu einem mit Fähnchen markierten Abschnitt führte. „Dies ist unser besonderer Stolz: Die Mutter-und-Kind-Fährte. Schauen Sie genau hin. Da haben wir zum Einen die großen, tiefen Trittsiegel des Muttertiers und gleich daneben in viel kürzeren Abständen sehr viel kleinere Abdrücke, nicht länger als die

Handflächen eines Menschen. Wir können daraus wertvolle Rückschlüsse auf das Sozialverhalten und die Brutpflege der Iguanodons ziehen." Er strahlte wie ein Junge vorm Weihnachtsbaum. „Als wir auf die Mutter-Kind-Fährte stießen, fühlte sich dieser Moment für mich an, als wäre ein unbekanntes Gemälde von Leonardo da Vinci aufgetaucht."

Der Professor war in seinem Elan und Erklärungseifer kaum zu bremsen: Er erzählte von relativen Laufgeschwindigkeiten der Urzeittiere, die er anhand der Spuren mit einer Formel errechnen könne, wies auf das große Nahrungsangebot hin, das die Saurier an Ort und Stelle vorgefunden hätten, und erklärte voller Begeisterung, weshalb die Spurenbildung teilweise so unterschiedlich ausfiel: „Wenn man mit bloßen Füßen durch Matsch geht, hat man mal mehr und mal weniger Schlamm zwischen den Zehen. Dementsprechend variantenreich sind unsere Funde." Voigts Botschaft kam bei Kowalski sehr wohl an: Dinos seien eben auch nur Menschen wie du und ich gewesen.

„Klasse", meinte Kowalski. „Sie können stolz sein auf Ihre Entdeckung, Professor."

„Schließe mich dem Kollegen an", meldete sich Susi zu Wort, die neben den Spuren in die Knie gegangen war und sie mit den Fingern abtastete. „Echt stark! Und wohl ziemlich wertvoll."

Voigts Augen verengten sich. „Wertvoll nicht im herkömmlichen Sinn, aber für die Wissenschaft auf jeden Fall. Die Zerstörung oder ein Verlust der Trittsiegel wäre für uns eine Katastrophe. Deswegen wollen und müssen wir uns absichern."

Susi lachte. „Einen Verlust können Sie ja wohl getrost ausschließen. Klauen kann Ihnen die Dinger so schnell keiner."

„Aber wir werden Ihrer Bitte selbstverständlich nachkommen", würgte Kowalski seine Begleiterin ab und stellte den Aktenkoffer, den er bei sich trug, auf den Boden. Er ließ die Verschlüsse aufschnappen. „Die Unterlagen sind soweit vorbereitet. Allerdings müssen wir auf einige Nachbesserungen Ihrerseits bestehen: Der Zaun, ein Drahtgeflecht von schätzungsweise zwei Metern Höhe, bietet einen hinnehmbaren Schutz gegen Vandalismus, nicht aber das Tor. Ihr Sicherheitsschloss ist - erlauben Sie - ein Scherz und mit jeder handelsüblichen Zange zu knacken. Lassen Sie ein solides Bügelschloss anschaffen, dann geht das in Ordnung. Außerdem sollten Sie Kameras installieren. Die schrecken mehr ab als eine Stacheldrahtkrone."

Voigt nahm die Unterlagen an sich mit der Ankündigung, sie so bald wie möglich von den zuständigen Verwaltungsbeamten prüfen und unterzeichnen zu lassen.

Kowalski und Susi hatten das Ausgrabungsgelände kurz darauf verlassen und wollten sich auf den Rückweg zum Parkplatz machen, als sie von einem kleinen dicken Mann mit rosigen Pausbacken eingeholt wurden. Kurzatmig blieb er neben ihnen stehen und sprach sie mit unmännlicher Fistelstimme an: „Gehören Sie auch zu den Knochenjägern?", fragte er mit unangenehm aggressivem Unterton.

Anhand seiner Kleidung mutmaßte Kowalski, dass er es mit einem Angestellten vom Steinbruch zu tun hatte. Dafür sprach auch das Gesicht des Mannes, denn die harte Arbeit im Steinbruch hatte seine Haut faltig und spröde werden lassen.

Kowalski gab sich reserviert: „Von Knochen kann nicht die Rede sein, eher von Abdrücken."

„Kommt alles aufs Gleiche raus!", meckerte der Mann. „Die Forscher machen sich bei uns breit und nehmen uns die Arbeit weg. Dies hier ist nur der Anfang. Bald lässt der feine Professor Voigt den ganzen Betrieb dichtmachen, Sie werden schon sehen!"

„Das glaube ich kaum", meinte Kowalski, dem der kleine Dicke unsympathisch war. „Die Forscher haben für die nächsten Jahre genug mit der Fläche zu tun, die ihnen zugesprochen wurde."

„Außerdem hat Ihr Chef ausdrücklich eingewilligt, dass die Leute vom Landesmuseum freie Hand haben", wusste Susi.

Als der Arbeiter lachte, klafften im Mund Lücken und Zahnruinen. „Weil man ihn unter Druck gesetzt hat!", hielt er dagegen. „Herr Röver hat doch gar nicht anders gekonnt, als die Maschinen von hier abzuziehen. Sonst hätte ihm der Landrat die Hölle heiß gemacht. Am Ende wäre seine Konzession flöten gegangen. Oder aber er hat sich bestechen lassen. Damit er sich sein dickes Auto leisten kann, die Mercedes S-Klasse."

„Ich kann mir nicht vorstellen, dass sich ein Mann in der Position Ihres Chefs sein Auto durch krumme Geschäfte finanzieren muss. Das hat er wohl kaum nötig", meinte Kowalski.

Doch der Stänkerer blieb beharrlich: „Kennen Sie ihn denn überhaupt? Der hat es faustdick hinter den Ohren. Wenn's ums Geld geht, versteht mein Chef überhaupt keinen Spaß."

„Welcher Chef tut das schon?", stellte Kowalski die Gegenfrage und musste sich bemühen, den Arbeiter nicht ob seiner Einfältigkeit zu belächeln.

„Ich meine es ja nur gut mit Ihnen. Ich möchte Sie nicht ins offene Messer laufen lassen." Er grinste Susanne anzüglich an. „Vor allem nicht so eine schöne Lady wie Sie."

„Ach was, hohles Gerede", wurde Susi grob. „Erzählen Sie Ihre Geschichten der Presse oder den Politikfritzen, die das hören wollen. Aber lassen Sie uns damit in Frieden." Mit diesen Worten dirigierte sie Kowalski von dem Stänkerer fort.

Erst als sie außer Hörweite waren, raunte sie Kowalski zu: „Ich hasse diese Art von aufmüpfigen Dickerchen, die sich auf Teufel komm raus aufspielen müssen, weil sonst keiner was von ihnen wissen will."

Kowalski zuckte die Schultern. „Ich weiß nicht. – Vielleicht hätten wir den Mann ausreden lassen sollen."

„Für mich hat er schon genug gesagt. War doch alles Bullshit."

„Nicht unbedingt. Wir haben es hier mit zwei Parteien zu tun. Ich kenne das von anderen, ähnlich gelagerten Fällen, zum Beispiel bei archäologischen Funden auf Baugrundstücken. Immer gab es Interessenkonflikte, immer musste Diplomatie her, immer musste verhandelt werden – und immer musste eine der beteiligten Parteien am Ende Abstriche hinnehmen. Das führt zwangsläufig zu Frust, zumal wenn langwierige wissenschaftliche Untersuchungen einen Rohstoffbetrieb lahmzulegen drohen, bei dem Zeit gleichbedeutend ist mit Geld."

Susi schien kaum aufzunehmen, was Kowalski zu sagen hatte, denn sie schimpfte unverdrossen weiter: „Nicht zu fassen, was für einen Unsinn man sich mitunter anhören muss!"

Kowalski, der ihren Unmut nur bedingt nachempfinden konnte, versuchte die Wogen zu glätten: „Es kann uns doch nur recht sein, wenn uns die Leute ihre

Meinung sagen. Nach meiner Erfahrung schadet es nicht, dem Volk aufs Maul zu schauen."

Susis dunkle Augen, die viel über ihr Temperament verrieten, blitzten angriffslustig. „Typen, die andere anschwärzen, dafür aber jeden Beweis schuldig bleiben, nerven mich. Es ist schade um die Zeit, die man verschwendet, wenn man denen zuhört."

„Okay, das kann ich verstehen. Du bist ehrlich und sagst den Leuten freiheraus deine Meinung. Aber du kannst diesen Maßstab nicht bei jedem anlegen. Wir sind bei unserer Arbeit nun mal darauf angewiesen, Tipps und Hinweise aufzunehmen. Selbst wenn sie von Menschen stammen, die ..."

„... Arschlöcher sind?", spitzte Susi zu.

Kowalski schüttelte den Kopf. „Nein, ich würde eher sagen: arme Schweine. Der Mann war doch bloß ein einfacher Arbeiter, der sich für einen Minilohn abrackern muss. Wenn der seinen Chef im großen Auto vorfahren sieht, kommt bei ihm der Neid auf. Wahrscheinlich Tag für Tag aufs Neue. Ist es nicht verständlich, dass sich so jemand ein Ventil sucht, um mal Dampf abzulassen? Zum Beispiel, indem er über andere schlecht redet."

Susi stampfte mit ihren Stiefeln auf. „Ach, Kowalski, du bist viel zu gut für diese Welt. Warum verteidigst du den Kerl?"

Er zwinkerte ihr zu.

„Glaub mir: hauptsächlich aus egoistischen Gründen. Ich bin meistens gut damit gefahren, wenn ich bei meinen Versicherungsgeschäften auf die Meinung Dritter gehört habe. Nicht dass ich dem Dicken alles glauben möchte – aber es kann nicht schaden, wenn wir seine Worte im Hinterkopf behalten. Je mehr wir über das Umfeld erfahren, umso besser. Gerade bei

Versicherungen dieser Größenordnung ist das wichtig."

Susis ungestüme Art ebbte mit jedem weiteren Meter, den sie durch den Wald gingen, mehr und mehr ab. „Zugegeben: Mit Deckungen in dieser Höhe hatte ich bisher nicht viel am Hut."

„Ich dafür umso mehr. Eine Saurierspur ist mir zwar auch noch nicht untergekommen, aber Verträge in Millionenhöhe sind in der Zentrale in Hannover keine Seltenheit. Vor allem bei Aufträgen aus der Industrie."

„Du sprichst von Maschinen?"

„Ja: Produktionsanlagen, Fertigungsstraßen, ganze Werkhallen. Das alles will versichert sein gegen Feuer, Sturm und Sabotage. Da stehen in den Verträgen viele Nullen vor dem Komma."

„Okay, verstehe", sagte Susi nun versöhnlich. „Auch bei den Saurierfährten steht viel auf dem Spiel. Ich werde mich also das nächste Mal zurückhalten und zuhören. - Von dir kann ich wohl noch einiges lernen."

Kowalski lächelte, denn er freute sich ehrlich über dieses spontan geäußerte Kompliment. „Schön, wenn du es so siehst. Ich bin froh, dich in diesem Fall an meiner Seite zu wissen. Wir werden das Kind schon schaukeln."

Susi nickte ihm zu. „Indem wir das Dickerchen ernst nehmen?"

„Für den Anfang: ja! Zumindest sollten wir uns bei Gelegenheit mit diesem Röver unterhalten. Kann durchaus sein, dass einer seiner Jungs eines Tages Fakten schafft, um die Archäologen zu vertreiben."

„Ja, wenn die beim Steinbruch alle so drauf sind wie Dick Dickerchen, dann kann das leicht in Vandalismus umschlagen. Dieses Risiko sollten wir im Auge behalten."

Plaudernd erreichten sie Kowalskis Wagen. Er schloss auf, wollte einsteigen und stockte in der Bewegung. Er bückte sich nach etwas, das auf dem Fahrersitz lag. Mit spitzen Fingern hielt Kowalski ein dunkelbraunes, in der Mitte gebogenes Gebäckstück in die Höhe. „Ist das dein Keks?", fragte er Susi übers Wagendach hinweg.

Die schüttelte den Kopf. „Nee, ich mag keine Kekse. Musst du selbst dort liegen gelassen haben."

„Ich mache mir auch nichts aus Gebäck. Schon gar nicht auf dem Sitzpolster."

„Zeig mal her!", meinte Susi und ließ sich das Gebäckstück geben. „Wenn ich mich nicht täusche, ist das ein ..." Knacks machte es, als sie den Keks durchbrach. „ ... ein Glückskeks. Kennste nicht? Kriegt man, wenn man chinesisch essen geht. Da drin steckt meistens ein Zettelchen mit einer fernöstlichen Weisheit." Tatsächlich beförderte sie ein dünnes Blättchen zutage.

„Was steht denn drauf?", erkundigte sich Kowalski.

Susi las vor: *„Wer glaubt, über der Situation zu stehen, steht in Wirklichkeit daneben."* Fragend sah sie ihn an. „Warst du in letzter Zeit chinesisch essen?"

„Nicht dass ich wüsste."

„Dann muss der Keks schon älter sein. Steckte wohl längere Zeit in der Sitzritze fest."

„Möglich", meinte Kowalski, dem das Thema zu dumm wurde. „Lass uns endlich zurück nach Hameln fahren!"

Zurück im Büro erstattete er Jürgen Bericht, beschrieb seinen positiven Gesamteindruck und ging auf die Fragen des Chefs ein.

„Es ist mir noch immer ein Rätsel, wie diese Spuren auf die Bückeberge gelangt sind", meinte Jürgen schließlich mit zerfurchter Stirn. Es schien ihm nicht zu behagen, dass er selbst so wenig fundierte Kenntnisse über das ungewöhnliche Versicherungsobjekt besaß. Er befürchtete wohl, dieses Manko könnte sein Urteilsvermögen einschränken.

Kowalski gab sich Mühe, es ihm so anschaulich wie möglich zu schildern: „Im Jura waren die Polkappen ja eisfrei, sprich: Enorme Wassermengen waren nicht, wie heute, in Form von riesigen Eisflächen gebunden. Deshalb stand der Meeresspiegel überall auf der Welt um circa achtzig Meter höher als in unserer Zeit. Und deshalb reichte das Wasser damals bis an den Bückeberg. Ich habe bisher immer geglaubt, der Bückeberg wäre eine eiszeitliche Endmoräne. Die Gletscher wären demnach damals genau bis zum Bückeberg gekommen: Sie haben Norddeutschland flach gehobelt und Schutt vor sich hergeschoben, der dann den Bückeberg bildete. Stimmt aber nicht! Das gilt zwar für eine Menge anderer Erhebungen in der Nähe, aber die Bückeberge müssen schon im Jura da gewesen sein, sonst gäbe es die Saurierspuren nicht."

„Klingt logisch", meinte Jürgen, auch wenn er nicht so aussah, als hätte er es wirklich begriffen.

„Ist es auch! Wenn heute der Klimawandel voll zuschlagen würde und die Polkappen tauten ganz ab, dann hätten wir die gleiche Situation: Ganz Norddeutschland wäre ein Flachmeer und am Bückeberg wäre wieder ein Strand wie damals in den Saurierzeiten."

Jürgen stellte noch ein paar weitere Fragen, worauf Kowalski alles vorbrachte, was er für erwähnenswert hielt. Auch die Begegnung mit dem aufmüpfigen Arbeiter ließ er nicht unerwähnt.

Jürgen hörte zu, nickte ab und zu mit der gönnerischen Pose eines Chefs und fragte schließlich: „Und? Sollten wir es deiner Meinung nach machen?"

Kowalski tendierte zu einem klaren Ja. Was Jürgen offensichtlich auch von ihm erwartete, denn sein begieriger Blick verriet, dass er ein gutes Geschäft für seine Gesellschaft witterte. Dennoch zögerte er. „Ich würde gern noch einige Erkundigungen einziehen, bevor wir unterschreiben."

Jürgen verschränkte seine Finger über seinem Bauch und lehnte sich in seinem Schreibtischstuhl zurück. „Deine Sorgfalt in Ehren, aber angesichts unserer knappen Personaldecke können wir es uns nicht leisten, unsere Kapazitäten damit zu vergeuden, den lieben langen Tag Erkundigungen einzuziehen und ausgedehnte Waldspaziergänge zu unternehmen. Wir schieben jede Menge unerledigte Vorgänge vor uns her. Allein siebzehn Überprüfungen von Unfallschäden. Soll ich die etwa alle Andrea aufhalsen?"

Du könntest den einen oder anderen Auftrag zur Abwechslung ja mal selbst erledigen, dachte Kowalski, hielt aber den Mund. Er hatte klipp und klar gesagt, dass er zur Einschätzung der Saurier-Risiken mehr Zeit benötigen würde. Was Jürgen aus seiner Empfehlung machte, war nun allein dessen Ding.

Weil er heute keine Lust auf das obligatorische Gemeinschaftsmahl mit Pizza, Pasta und einer Überdosis Parmesan hatte, entschwand Kowalski allein in die Mittagspause. Er kreuzte mehr oder weniger ziellos durch die engen Gassen der Altstadt, bis er vor einem schmalen Fachwerkhäuschen in der Hummenstraße stehen blieb, dessen Simse mit prächtig blühenden Geranien geschmückt waren und über dessen Eingangstür ein ovales, schmiedeeisernes Schild mit dem verheißungsvollen Namen *Pfannekuchen* hing.

Kowalski trat ein und wurde von Wärme und dem Duft angedünsteter Butter empfangen. Er hatte das Gefühl, den Kopf einziehen zu müssen, denn die gut erhaltene Balkenkonstruktion mit niedriger Decke und zahlreichen kreuz und quer angeordneten Stützpfeilern ließ die Gaststube beengt wirken, gleichzeitig umso gemütlicher.

Kowalski wählte einen Platz nahe einer rustikalen Treppe ins Obergeschoss. Er studierte die Speisekarte, die ihm die Wahl zwischen sage und schreibe vierzig verschiedenen Eierkuchenvarianten ließ. Er entschied sich für eine deftige Ausführung mit Pilzen, Speck und Crème fraîche.

Während er aß und genoss, blätterte er weiter in der Karte und stieß auf einen Bericht über die Gründerin des Lokals, Elsa Buchwitz. Eine mutige Frau, deren unermüdlichem Einsatz es zu verdanken war, dass Kowalski heute in einem Gebäude sitzen konnte, das etliche Jahrhunderte auf dem Buckel hatte. In den frühen siebziger Jahren hatte sich Elsa Buchwitz gegen die Zerstörung der Hamelner Altstadt gestellt und damit umfassende Abrisspläne einer mächtigen Allianz aus Politik, Verwaltung und großen Baukonzernen durchkreuzt. Die im Volksmund „Trümmer-Else" genannte Kämpferin gründete Bürgerinitiativen und organisierte Demos. Ihr Ziel war es, die windschiefen

Altstadthäuser zu sanieren statt plattzumachen - und sie setzte sich durch. Die Stadt dankte es der streitbaren Gastronomin später und überschüttete sie mit Lob und Medaillen. Sogar eine Straße war nach der 1997 verstorbenen Altstadtrebellin benannt worden.

Verdient hatte sie es, fand Kowalski - und ertappte sich abermals dabei, wie Hameln begann, ihm mehr und mehr ans Herz zu wachsen.

9

Nette Idee von Nele: Um ihrem Mann in Sachen Dinosaurier ein wenig auf die Sprünge zu helfen und seinen beruflichen Ehrgeiz zu wecken, schlug sie am Telefon vor, gemeinsam den Dino-Park in Münchehagen zu besuchen. Das war ein Katzensprung von Hannover, aber auch von Hameln aus keine Weltreise. Um Kowalski zu locken, ergänzte sie ihre Idee um die Option, anschließend zum Steinhuder Meer zu fahren und auf die kleine Festungsinsel Wilhelmstein überzusetzen. Dort gebe es ein Café mit wunderschöner Terrasse direkt am Wasser und die beste Trinkschokolade weit und breit.

Da das Wochenende vor der Tür stand und er am heutigen Freitag im Büro nicht mehr viel zu tun hatte, sagte Kowalski spontan zu – und bereute seine Entscheidung, als er sein Handy klingeln hörte, kaum dass er seinen Wagen auf den Parkplatz des Dinosaurier-Rummelplatzes rollen ließ.

„Ja? Nele? Warum rufst du an? Wo steckst du denn? Was, du kannst nicht kommen? Wegen Schwiegermama? Ihr geht's nicht gut, sagt du? Wieder mal ein Schwindelanfall? Na, hoffentlich ist das nicht bloß eine Schwindelei. – Sorry, habe es nicht so gemeint. Natürlich musst du dich kümmern. Du hast mein vollstes Verständnis, Schatz. – Was ich jetzt mache? Da ich schon mal hier bin, werde ich Dino-Schnuppern wie geplant. Ich erzähl dir dann später, wie es war und was du verpasst hast."

Kowalski war am Anfang ziemlich skeptisch. Schließlich kostete der Eintritt 9,50 Euro pro Nase; was ihm für das Angucken von ein paar Plastikdinos reichlich teuer erschien. Immerhin war das Parken kostenlos.

An der Kasse sagte man ihm, der Rundgang würde locker zwei Stunden dauern und wirklich mal einen Eindruck über die Größenverhältnisse der Urzeitwesen vermitteln. Tatsächlich benötigte er drei Stunden – und war mehr als nur angetan.

Der Park war nicht nur weitläufig und gespickt mit Attraktionen, sondern auch liebevoll und fachkundig ausstaffiert. Hier und da hätte man bessere Modelle einsetzen können, denn auch als Laie konnte Kowalski zwischen den guten und den schlechten Nachbildungen unterscheiden. Außerdem könnte der ein oder andere Dino mehr Pflege vertragen und einfach mal sauber gemacht werden. Insgesamt aber wurde er sehr positiv überrascht.

Aus Kowalskis Sicht das Wichtigste war es, dass echte Abdrücke, die an Ort und Stelle gefunden worden waren, ausgestellt wurden: Der Dinosaurier-Park erwies sich nicht nur als ein simpler Themenpark mit Saurierplastiken, sondern auch als ein Freilichtmuseum, denn vor zig Millionen Jahren hinterließen an dieser Stelle ganze Dinosaurierherden ihre Spuren.

Aber der Reihe nach: Zunächst ging es in die erste Dino-Runde in der linken Parkhälfte. Der Besucher wurde mit Hilfe von Infotafeln über die verschiedenen Zeitalter aufgeklärt. Dann weiter durch einen Urzeittunnel in eine umfangreiche Außenausstellung. In einem Waldgelände war eine große Menge an Dinosauriern entlang des Weges in Szene gesetzt worden. Einige so lebensecht, dass sie Kowalski schaudern ließen. Jede einzelne Art wurde mit einer weiteren Infotafel vorgestellt. Nach einer Weile gelangte Kowalski in den mittleren Bereich des Parks. Dort befanden sich die versteinerten Sedimentablagerungen, in denen die Dinosaurier ihre Spuren hinterlassen hatten. Ein größerer Teil dieses Bereiches war durch eine Halle überdacht worden. Hier handelte es sich um den Bereich, in dem er sich am längsten aufhielt, erkannte er doch Parallelen zu Obernkirchen: An einer Stelle war ein hölzerner Steg, der die Spuren vor der schlimmsten Abnutzung bewahrte, durchbrochen, so dass man die Fußabdrücke auch haptisch wahrnehmen konnte. Unwillkürlich zog Kowalski Vergleiche zu den Funden, die er versichern sollte.

Interessiert ging er weiter. Am Rande entdeckte er eine Art Nebenattraktion auf einem kleinen Hügel: ein Pavillon zum Thema Flugsaurier, der gleichzeitig einen schönen Ausblick aufs Land bot, denn der Park lag erhöht an einem Hang.

Teil zwei des Rundgangs erschloss chronologisch die späteren Kapitel des Dinosaurierzeitalters und reichte bis zu den frühen Säugetieren. Fand man in der ersten Hälfte den Allosaurus, so machte Kowalski hier Bekanntschaft mit einer täuschend echt wirkenden Nachbildung des Tyrannosaurus Rex. Wieder nett inszeniert und neben allem auch ein schöner Waldspaziergang.

Der Rundgang mündete in einer Halle, in der Ausgrabungsstätten nachgebildet worden waren. Eine große Attraktion für die vielen Kinder unter den Besuchern waren zwei Fischsaurier, die mittels verschiedener robuster Hebel pneumatisch animiert werden konnten. Schmunzelnd blieb Kowalski stehen und sah ihnen eine Weile dabei zu.

Noch verschiedene Aktivitäten wurden hier angeboten, manche kosteten etwas Geld, womit wohl im

Wesentlichen der Materialaufwand gedeckt wurde, zum Beispiel beim Edelsteinschürfen in einer großen Sandkiste. Kowalski nahm die Gelegenheit wahr, einige Dino-Eier und -Knochen zu befingern und in einer Art Glaskäfig echten Präparatoren bei ihrer Arbeit zuzuschauen.

Als er an die Scheibe klopfte, ließ ihn einer der Präparatoren, ein freundlicher älterer Herr, sogar eintreten und erzählte bereitwillig von der Entstehungsgeschichte des Parks: Im Jahre 1925 gründete Ferdinand Wesling das gleichlautende Unternehmen, nutzte in Münchehagen die örtlichen Steinvorkommen und nahm den ersten Steinbruch in Betrieb. In einem Teil des Steinbruchs wurde noch bis in die 60er-Jahre Kohlehartsandstein gewonnen und für unterschiedliche Verwendungszwecke, z.B. als Baustein oder Straßenbaumaterial, weiterverarbeitet. Nach der Entdeckung der Dinosaurierfährten in den 80er-Jahren wurde das Gelände 1987 unter Schutz gestellt. Im Jahre 1992 gründete Ferdinand Wesling - nunmehr in der dritten Generation des gleichlautenden Unternehmens - das Dinosaurier-Freilichtmuseum.

Da der gemeinsame Ausflug mit Nele auf dem Wilhelmstein ja nicht stattfinden würde, entschied sich Kowalski kurzentschlossen dazu, seinen Hunger im Dino-Park zu stillen. Ein Fehler: Denn das Hähnchenformfleisch im Dinoformat mit Pommes frites mochte bei den Kleinen gut ankommen, er aber ließ die halbe Portion auf dem Teller zurück. Da würde er sich auf dem Heimweg lieber ein Aalbrötchen in Steinhude kaufen.

Nutzlos war sein Besuch in Münchehagen jedoch keineswegs gewesen, dachte Kowalski, als er wieder im Auto saß. Denn mehr und mehr verstand er die

Faszination, die die Hinterlassenschaften der größten jemals gelebten Erdenbewohner hervorrufen konnten.

10

Ein schönes verlängertes Wochenende, das er gemeinsam mit Nele daheim in Hannover verbracht hatte, lag hinter ihm, als er am Dienstagmorgen recht guter Dinge das Büro betrat. Michael und Susi waren noch nicht da, wohl aber Jürgen und Andrea.

„Ja, wow, wie siehst du denn aus?", sprach er die zu kurz geratene Kollegin an, deren Gesicht gnomenhafte Züge aufwies. Während Andrea normalerweise stets schlichte und unspektakuläre Kleidung bevorzugte und Kowalski sie daher als graue Maus einstufte, fiel sie heute durch ein glänzendes, bodenlanges Kleid mit blutroten Rosenmotiven aus der Rolle. „Sieht irgendwie … - chinesisch aus", meinte er.

„Ist es auch", antwortete Andrea nicht ohne Stolz auf ihre neue Errungenschaft. „Ein Qipao, traditionell chinesischer Seidenbrokat mit klassischem Stehkragen. Seit der Sache mit der Akupunktur, von der du uns neulich vorgeschwärmt hast, hat mich der China-Rappel erwischt."

„Apropos", rief Jürgen aus seinem Chefzimmer. Er lümmelte sich - wie üblich mit übereinandergeschlagenen Beinen auf der Schreibtischplatte - auf seinem Stuhl und schaufelte sein zweites oder drittes Frühstück aus einer Styroporbox in sich hinein. „Der Sache mit diesem Dr. Fu Man Chu sind wir nachgegangen. Wie erwartet ist nichts dabei herausgekommen. In ganz Hameln und Umgebung gibt es keinen Dr. Chu. Auch nirgendwo anders in der Bundesrepublik. Da hat dich deine chinesische Wunderheilerin wohl wie erwartet auf den Arm genommen."

„Auf den Arm genommen? Dann hat sie sich aber viel Mühe damit gegeben, sich einen so ausgefallenen Namen für ihren Scherz auszusuchen." Kowalski zog die Stirn in Falten. „Gibt es denn wirklich gar nichts über diesen Fu Man Chu zu sagen?"

„Doch, doch, eine ganze Menge sogar. Nur ist es fraglich, ob die Informationen für dich von Nutzen sind."

„Egal. Lass mal hören!"

„Also gut: Fu Man Chus wüste Abenteuer stammen aus der Feder des Schriftstellers Sax Rohmer. Insgesamt schrieb der Mann dreizehn Romane mit dem fiesen Doktor als Hauptfigur. Darin versuchte Fu Man Chu immer wieder, die Weltherrschaft an sich zu reißen. Das klappte aber nicht, weil ihm sein Gegenspieler, Inspektor Nayland Smith von Scotland Yard, jedes Mal dazwischen funkte."

„Und weiter?"

„Die Romane sind zwischen 1913 und 1959 entstanden und schon in den dreißiger Jahren erstmals verfilmt worden. Dann geriet die Reihe vorübergehend in Vergessenheit. Wiederbelebt wurde Fu Man Chu in den 1960ern in einer Reihe weiterer Filme, die von der Machart an die Edgar-Wallace-Produktionen erinnern."

„Wer spielte Fu Man Chu im Kino?", erkundigte sich Kowalski.

„Christopher Lee, den man sonst eher als Graf Dracula kannte. Ich habe mir zwei der Streifen auf DVD reingezogen. Das ist Kult-Trash mit dem Charme der Sixties. Aber Lee hat mich in der Rolle des chinesischen Superverbrechers nicht überzeugen können."

„Warum nicht?"

„Bei Christopher Lee geht die diabolische Ausstrahlung durch die starke Maske gänzlich verloren. Da hätte ein asiatischer Charakterdarsteller diesem Dr. Fu Man Chu mehr Leben einhauchen können."

„Du meinst, er trug eine Maske?"

„Nein, keine Maske. Aber die dicke Schminkschicht hatte etwas maskenhaftes. Beim oberflächlichen Hingucken nimmt man Lee den Chinesen gerade noch ab, aber nicht, wenn man näher hinsieht."

„Ein falscher Chinese also", sagte Kowalski grüblerisch. Dann gab er sich einen Ruck und löste sich von den Gedanken an die Fantasiefigur. „Umso besser, wenn das Ganze nicht von Bedeutung ist", meinte er.

„Sehe ich auch so", presste Jürgen zwischen zwei Happen Rührei heraus.

„Und noch 'ne gute Nachricht: Deine Saurierverträge sind unter Dach und Fach."

„So schnell?", wunderte sich Kowalski und musste seinen Ärger darüber zähmen, dass sein Boss seinen Ratschlag ignoriert zu haben schien.

„Ja. Deine geforderten Nachbesserungen sind unverzüglich erledigt worden. Und die Zentrale in Hannover hat grünes Licht gegeben."

„Na dann …" Auch wenn er sich übergangen fühlte, konnte Kowalski nicht behaupten, unglücklich über die Entwicklung zu sein. So hatte er wenigstens einen ruhigen Wochenbeginn. Zufrieden schlenderte er zu seinem Schreibtisch und ließ sich auf seinen Stuhl plumpsen.

KNACKS!

Erschrocken sprang er gleich wieder auf. Was war denn das für ein Geräusch gewesen? Er sah nach und entdeckte einen plattgedrückten Haufen Krümel auf dem Sitz. Kekskrümel! Mittendrin lag ein kleiner gerollter Zettel. Kowalski begriff, auf was er sich soeben gesetzt hatte.

„Andrea?", rief er seiner Kollegin zu. „Hast du mir einen Glückskeks auf den Platz gelegt?"

Sie sah ihn verdutzt an. „Nein. Sollte ich?"

Kowalski fischte den Zettel aus der Krümelwüste. „Ich dachte nur ..." Er rollte das Papier auseinander und las:

„Wer nicht hören will, der muss fühlen."

Er wandte sich seinem Chef zu: „Kommt der von dir? Kleines Scherzchen am Morgen?"

Jürgen winkte desinteressiert ab und widmete sich seinem Frühstück. Da auch Andrea nicht weiter auf den Vorfall einging und sich in ihre Arbeit vertiefte, blieb Kowalski allein mit seinem Rätsel, das vielleicht belanglos sein mochte, ihn jedoch beunruhigte. Denn einen Glückskeks vorzufinden, mochte Zufall sein, beim zweiten aber musste etwas dahinterstecken. Bloß was? Und wer?

Nach einem mehr oder weniger eintönigen Bürotag, der lediglich durch eine parmesanlastige Mittagspause beim Italiener in der Baustraße unterbrochen worden war, kam Kowalski um kurz nach sieben in der Pyrmonter Straße an. Wie üblich rechnete er aus, dass er mit dem Auto rechtzeitig zur Tagesschau in Hannover sein könnte. Doch wie üblich schreckte ihn der Horror des Berufsverkehrs ab, sodass er es vorzog, mit seiner Frau nur zu telefonieren.

Bevor er ihre Nummer eingab, richtete er sein Abendessen her. Auf dem Nachhauseweg hatte er sich in der Stadtgalerie eine Portion Sushi gekauft. Nachdem er die Stäbchen bereitgelegt und das Wasabi portioniert hatte, rief er Nele an.

„Na, Schatz, Stress gehabt? Bei mir ging's so. Nicht viel los gewesen. Aber die Sauriersache ist jetzt unter

Dach und Fach. Ist ziemlich günstig für uns ausgegangen. Da kommt was in die Kasse bei der HVN. Ich hoffe, die Jungs in Hannover goutieren das und holen mich bald zurück aus diesem Nest."

Er hangelte nach einem mit Lachsstreifen belegten Reishäppchen.

„Nein, nein, versteh mich nicht falsch. Ist schon ein nettes Fleckchen Erde hier, hat durchaus seinen Reiz, aber mir fehlt eben das Großstadtleben. Du musst dir endlich selbst ein Bild machen! Bleibt es denn dabei? Nächstes Wochenende verbringen wir zusammen in Hameln? Dann wandern wir mal rauf auf meinen Hausberg: Der Klüt steht direkt gegenüber, auf der anderen Seite der Pyrmonter Straße. Reizt mich jeden Tag, da mal raufzusteigen, aber allein macht so was ja keinen Spaß. Soll ein nettes Lokal geben dort oben. Na, wäre das was für uns?"

Er tauchte ein Miniatur-Thunfischfilet in Sojasoße.

„Ach ja, da gibt es noch etwas, worüber ich mit dir sprechen möchte. Aber halte mich bitte nicht für verrückt." Kowalski berichtete von den beiden Glückskeksen. „Schon etwas seltsam, findest du nicht auch? Und diese Sprüche auf den Zetteln – klingen fast wie Warnungen. Aber was soll das Ganze? Du meinst, ich soll mir nicht den Kopf darüber zerbrechen? Na ja, ich weiß nicht. So einfach ignorieren will ich das nicht. Was hältst du davon, wenn ich Ai Fang Wang darauf anspreche? Nein, ich habe dir doch schon gesagt, dass sie nicht hübsch ist. Kreisrunder Kopf mit winzigen Schlitzaugen. Trotzdem bist du dagegen? Aber wenn ich die Kekse einfach vergesse, dann werde ich nie …"

Das Zirpen seines Handys unterbrach ihn.

„Moment, Schatz, ich muss schnell ans andere Telefon. Reden wir morgen weiter. Gute Nacht, schlaf schön!"

Er hastete zum Handy, drückte die grüne Taste. „Ja, Kowalski am Apparat."

„Ich bin's, Jürgen." Die Stimme des Chefs war belegt.

„Was gibt's?", erkundigte sich Kowalski und wusste, dass es sich nicht um einen Höflichkeitsanruf handelte.

„Die Saurierspuren sind weg. Geklaut. Große Katastrophe!"

„Was?" Kowalski hielt das Handy auf Abstand und betrachtete es wie einen Außerirdischen. Dann fasste er sich und fragte: „Geklaut sagst du? Wie soll denn das möglich sein?"

„Ich weiß es nicht. Die Museumsleute haben uns verständigt. Die Polizei ist vor Ort. Am besten, du fährst gleich mal raus und machst dir ein Bild von der Lage."

„Ist unser Vertrag schon in Kraft getreten?"

„Ja, verflucht. Seit heute Mittag um zwölf. Der Kunde hat die erste Rate bereits überwiesen. Zu spät für einen Rückzieher."

Als Kowalski sein Handy weglegte, verstand er die Welt nicht mehr. Er kippte den Rest des Sushis ins Klo und schnappte sich den Autoschlüssel.

11

Kowalski kletterte über lose Brocken und quer liegende Balken zu den Überresten des hölzernes Steges, der über die Saurierfährten führte. Er trug eine Taschenlampe bei sich, doch die erwies sich als überflüssig, denn die Obernkirchener Feuerwehr hatte das Areal mit mobilen Flutlichtmasten bestückt und beinahe taghell ausgeleuchtet. Ein feiner Nieselregen überzog die bizarre Landschaft mit einer glitzernden Nässe und ließ Konturen und Kontraste noch deutlicher hervortreten.

Kowalski mochte kaum glauben, was er sah: Die Sandsteinplatte, die vormals die sorgsam und in mühseliger Kleinarbeit freigelegten Spuren der Urzeitgeschöpfe aufwies, war mit Splittern des weitgehend zerstörten Pfades übersät. Tiefe Furchen und Schleifspuren zeichneten eine Schneise der Verwüstung über das Forschungsfeld.

Die schlimmste Wunde in der prähistorischen Spurensammlung jedoch stellte ein Graben dar: Zwei Meter breit, sieben oder acht Meter lang, einen halben Meter tief. Die scharfen Kanten wirkten wie ausgefräst, die ehemals vorhandene Gesteinsmasse war verschwunden. In Luft aufgelöst, als hätte es sie niemals gegeben.

„Das waren Mutter und Kind“, hörte Kowalski eine heisere Stimme hinter sich. Er drehte sich um und erkannte Professor Voigt, durchnässt, mit hängenden Schultern. „Man hat die gesamte Strecke der Trittsiegel gestohlen. Ein irreversibler Verlust. Unfassbar!“

Kowalski blickte noch einmal in das klaffende Loch, das den Sandstein aufriss. Das nasse Rot des malträtierten Gesteins wirkte auf ihn wie die Wunde, die eine Harpune im Fleisch eines Wals hinterlässt. „Ihre wertvollste Fährte ist weg. Kaum zu glauben. Wie, bitte sehr, konnte das passieren?"

Voigt starrte ihn einen Moment lang sprachlos an, bevor er nahezu empört antwortete: „Das frage ich Sie! Sie sind für die Sicherheit meiner Trittsiegel verantwortlich. Dafür bezahlen wir viel Geld."

Kowalski, überrascht von der plötzlichen Heftigkeit in der Ausdrucksweise des Professors, blieb äußerlich gelassen, obwohl er höchst angespannt war. „Das ist nicht ganz korrekt. Die HVN gewährt Ihnen Versicherungsschutz, ja, aber für die Absicherung Ihres Geländes sind Sie selbst verantwortlich."

Voigt wippte auf seinen Fußspitzen. „Das ist die Höhe! Sie selbst haben mir bestätigt, dass wir ausreichend geschützt sind. Erinnern Sie sich? Neues Schloss, Kameras und, und, und. All das haben wir veranlasst. Außerdem haben wir Sie bereits bezahlt, und zwar einen ganzen Batzen Geld. – Aber jetzt: Schauen Sie sich an, was diese Rowdies uns angetan haben!"

Kowalski sah ein, dass es wenig Sinn machte, in dieser aufgeladenen Atmosphäre mit dem Professor zu diskutieren. Er würde sich vorerst darauf beschränken, eine erste grobe Bestandsaufnahme zu machen und alle weiteren Schritte am nächsten Tag zu veranlassen. Gleichwohl beschlich ihn das ungute Gefühl, dass ihm eine sehr ähnliche Situation wie bei seinem Desaster in Hannover bevorstand: Wiederum hatte er eine Versicherungspolice befürwortet, die der HVN teuer zu stehen kommen könnte, wenn dem Versicherungsnehmer kein Eigenverschulden nachzuweisen sein sollte.

Er murmelte einen Abschiedsgruß und ließ den verzweifelten Forscher stehen, um nach möglichen Hinterlassenschaften der Diebe zu suchen, nach ersten Anzeichen auf ihre Identität oder Herkunft. Dazu wollte er zunächst das Haupttor begutachten, durch das die Unbekannten höchstwahrscheinlich eingedrungen waren.

Kaum hatte er den Zugang erreicht, bekam er abermals Gesellschaft. Wieder kein Unbekannter:

„'N Abend, Chef!"

Kowalski sah sich dem feisten Gesicht des Arbeiters gegenüber, der Susi und ihn bei ihrem ersten Besuch im Sandsteinbruch abgefangen und ein Gespräch aufgedrängt hatte. „Ach, Sie? So spät noch unterwegs?"

„Jo. Habe läuten hören, was hier oben los ist. Da hat mich nichts mehr zu Hause vorm Fernseher gehalten. Das musste ich mit eigenen Augen sehen. Und ich sage Ihnen: Es geschieht diesen Klugscheißern vom Museum recht! Jetzt haben sie ihre Lektion bekommen und lassen uns hoffentlich endlich in Ruhe."

„Na, na! Das klingt ziemlich schadenfroh. Hier geht es immerhin um Landfriedensbruch und Diebstahl. Das ist mehr als bloß eine Lektion."

„Die haben angefangen!", rechtfertigte sich der Arbeiter. „Wenn man den Professor und seine Studenten nicht aufhält, haben die in Nullkommanichts den ganzen Steinbruch unter ihren Fittichen. Und wir armen Schweine dürfen dann stempeln gehen. Oder meinen Sie ernsthaft, ich in meinem Alter kriege irgendwo anders noch 'nen Job?"

Kowalski fehlte angesichts der späten (oder inzwischen frühen) Stunde die Kraft und Lust, um sich auf ein Streitgespräch mit diesem Wichtigtuer einzulassen und widmete seine Aufmerksamkeit dem neuen großen Schloss, mit dem das Tor gesichert war.

„Wenn Sie glauben, das hat jemand geknackt, liegen Sie falsch", mischte sich abermals sein unerwünschter

Begleiter ein. „Von unseren Jungs weiß jeder, wo der schusselige Professor den Schlüssel deponiert. Für 'nen Fünfziger und 'nen Kasten Bier hätte ihn jeder von uns besorgt und rausgegeben."

Kowalski blickte auf und musterte den Typen mit dem losen Mundwerk streng: „Ach ja? Sie etwa auch? So weit würden Sie gehen?"

Der andere zuckte bloß die Schultern. „Wie gesagt: Nicht nur ich. Jeder von uns. Deswegen wundert mich das mit den Kameras ja auch nicht."

„Was ist mit den Kameras?", fragte Kowalski alarmiert.

„Alle ausgefallen heute Nacht. Was für ein Zufall." Der Arbeiter kicherte. Doch dann veränderten sich seine Gesichtszüge schlagartig. „Genug geplaudert, Meister. Ich verdufte."

Ehe sich Kowalski versah, flüchtete der Mann aus den Lichtkegeln der Leuchtgiraffen und verschwand im Dunkel des Waldes. Auf der Suche nach dem Grund des hektischen Abgangs wandte sich Kowalski um und bemerkte einen uniformierten Polizisten, der schnurstracks auf ihn zukam.

„Presse?", fragte der Beamte, als er dicht neben Kowalski stehen blieb und ihn kritisch beäugte.

„Nein, Versicherung. Unser Laden muss für den Schlamassel hier aufkommen, wenn es dumm läuft."

Der Polizist machte sogleich ein freundlicheres Gesicht, in dem Kowalski beinahe so etwas wie Verständnis zu erkennen glaubte. „Eine schöne Bescherung. So was erleben wir nicht alle Tage. Schlimm, wenn das ausgerechnet in die eigene Schicht fällt."

„Sie können mir glauben: Ich bin auch nicht gern mitten in der Nacht an so unwirtlichen Orten unterwegs", meinte Kowalski.

Von der Erhebung, auf der beide standen, bot sich ein weiter Blick über die Ausgrabungsstätte. Kowalski vergegenwärtigte sich erst jetzt so richtig, wie groß der Aufwand war, der um diesen nächtlichen Einbruch betrieben wurde: Neben der Feuerwehr, den Wissenschaftlern, Steinbruchbeschäftigten, einigen Reportern und den Polizisten wimmelten noch weitere Figuren durch die Trümmerwüste. Gestalten in weißen Overalls, mit Haarhauben und Handschuhen.

„Ist das nicht etwas übertrieben für ein Einbruchsdelikt?", fragte Kowalski den Uniformierten und zeigte auf die Männer in Weiß. „Die sehen ja aus wie Leute von der Spurensicherung. So viel Tamtam wegen ein paar abhandengekommener Saurierspuren?"

Der Polizist machte große Augen. „Die Spusi ist nicht wegen der Dinos gekommen." Er wirkte überrascht über Kowalskis Ahnungslosigkeit. „Die sind wegen der Frau da. Sie wissen schon – oder etwa nicht?"

Kowalski schüttelte den Kopf.

„Na, wegen der Toten!"

12

Kowalski lag wie paralysiert auf seinem Schlafsofa. Er starrte an die Decke, von der nach wie vor bloß eine nackte Glühbirne baumelte, weil er nicht dazu kam oder keine Lust hatte, sich nach einer richtigen Lampe umzusehen. An Schlaf war nicht zu denken.

Ein ums andere Mal überlegte er, ob er Nele wachklingeln sollte. Oder ob er zu ihr fahren sollte. Doch sie hatte ihren eigenen Job und musste fit sein am nächsten Morgen. Es wäre nicht fair, sie da mit hineinzuziehen und auch ihrer Nacht ein verfrühtes Ende zu setzen.

Aber, verflixt, er musste sich jemandem mitteilen. Jemandem, der ihm nahestand und ihn verstand. Jemanden wie Nele. Dieses Bedürfnis duldete keinen Aufschub.

Sie klang sehr, sehr verschlafen, als sie nach dem neunten Tuten abnahm.

„Nele? Es tut mir so leid, dass ich dich wecke. Was? Wie spät es ist? Kurz vor fünf. Ja, ich weiß, dass das nicht deine Zeit ist. Aber hör mir zu, dann wirst du verstehen."

Er schilderte seiner Frau in kurzen Worten die Ereignisse der Nacht, angefangen beim Anruf von Jürgen und seiner Fahrt in die Sandsteinbrüche nach Obernkirchen. Oberflächlich streifte er die Details um den Diebstahl der Mutter-und-Kind-Abdrücke und kam bald auf den eigentlichen Auslöser seiner Unruhe zu sprechen:

„Du wirst es nicht glauben – sie haben eine Leiche gefunden. Nein, ich mache keine Scherze. Schon gar nicht um diese Uhrzeit. Ja, eine Tote. Eine Unbekannte, wie sie sagten. Die Frau trug keine Papiere bei sich. Ich kann dir sagen, es war ein Riesenschock für mich, als ich die Tote dann selbst zu sehen bekam. Eigentlich wollten sie mich ja gar nicht bis zu dem Fundort vorlassen. Aber ich habe meine Versicherungsagentennummer ausgespielt, und dann hat's geklappt. Ich hatte nämlich ein verdammt ungutes Gefühl bei der Sache. Ja, und das hat sich prompt bestätigt. Ein Schock, sage ich dir, ein echter Schock."

Auch seine Frau war über die Nachricht zutiefst beunruhigt und plötzlich hellwach. Sie stellte wieder mal einen Haufen Fragen, von denen Kowalski nicht eine einzige zufriedenstellend beantworten konnte. Schließlich trotzte sie ihm das Versprechen ab, ab sofort ganz besonders vorsichtig zu sein und sich nur so weit in den Fall einzumischen, wie es für seinen Job unbedingt erforderlich war.

Kowalski versprach es ihr.

Als er verspätet im Büro eintraf, wurde er von einer bleiernen Stille empfangen. Jürgen, Michael und Andrea saßen bereits an ihren Schreibtischen, alle mit Gesichtern wie sieben Tage Regenwetter. Wortlos starrten sie ihn an.

„Ihr wisst es also schon?", fragte er mit belegter Stimme.

Andrea bekam feuchte Augen, Michael verschluckte sich und begann unkontrolliert zu husten. Jürgen nahm die Füße vom Tisch, legte seine Frühstücksbox beiseite und verkündete salbungsvoll:

„Wir sind erschüttert, traurig, können es nicht begreifen." Er richtete sich zu voller Größe – immerhin knapp 1,90 Meter – auf und rief mit einer Mischung aus Wut und Trauer: „Was, zum Teufel, hatte sie dort draußen verloren? Es war dein Aktenvorgang, Kowalski, nicht ihrer!"

Kowalski schlich betrübt zu seinem Platz. „Ich habe keine Ahnung", gab er offen zu, ertappte sich aber bei dem Gedanken daran, dass er durch ihre Plauderei im Wald Susis Ehrgeiz geweckt haben und sie zu leichtsinnigen Unternehmungen auf eigene Faust inspiriert haben könnte. Schnell sagte er: „Ihr könnt mir glauben: Es war schrecklich, Susi in dem Steinbruch liegen zu sehen. Erschlagen von einem Sandsteinbrocken, groß wie ein Mineralwasserkasten. Diese Bilder werde ich nie im Leben wieder los."

Jürgen seufzte. „Und die Saurierspuren sind tatsächlich weg, ja? Eine schwarze Nacht für die HVN."

„Ja, rabenschwarz", meinte Kowalski. „Der Tod einer Kollegin gehört wohl zu dem Schlimmsten, was man sich vorstellen kann."

„Vor allem, wenn sie von den günstigen Hauskonditionen Gebrauch gemacht hat und sich ihre Erben – wer immer das sein mag – über eine unanständig hohe Lebensversicherung freuen dürfen." Voller Gram hackte Jürgen auf die Tastatur seines Computers ein. Als die anderen seinem Beispiel nicht sofort folgten, rief er: „Los, los, an die Arbeit! Wir verdienen unser Geld nicht mit Trübsal blasen."

Kowalski wollte im ersten Moment nicht glauben, was er hörte. Doch offensichtlich meinte es Jürgen ernst mit seiner Aufforderung, die er mit der Wirkung eines Vorschlaghammers rübergebracht hatte.

Das mochte, konnte und wollte Kowalski nicht zulassen.

„Kann ich dich kurz sprechen?", fragte er und rückte Jürgen dicht auf die Pelle.

„Klar", sagte dieser, ohne mit der Wimper zu zucken.

„Unter vier Augen", zischte Kowalski. Kaum hatte er Jürgens Bürotür hinter sich geschlossen, legte er los: „Was soll das? Warum machst du einen auf cool und tust, als wäre nichts geschehen?"

Jürgen sah ihn fragend, beinahe überrascht an. „Das weißt du doch. Ich habe es dir erklärt: Wir Führungskräfte dürfen uns nicht die Blöße geben, vor den anderen Schwäche zu zeigen."

„Mensch, Jürgen! Hier geht es um den Tod einer Kollegin. Da ist Mitgefühl angesagt, Trost spenden für die Mannschaft!", ereiferte sich Kowalski.

„Das sehe ich anders: Es ist das Beste, wenn sich alle in die Arbeit stürzen. Das lenkt sie ab, vertreibt den Kummer. Denn lebendig machen können wir Susi so oder so nicht."

„Aber du musst den Leuten die Chance geben, mit ihren Gefühlen fertig zu werden", beharrte Kowalski. „Sie brauchen Zeit, um Susis Verlust zu betrauern."

„Die kriegen sie: Am Tag ihrer Beerdigung bekommt jeder, der möchte, dienstfrei."

„Jürgen!" Kowalski schäumte. „Das reicht nicht. Zu deiner Personalverantwortung gehört es auch, deinen Mitarbeitern in Krisensituationen beizustehen und sie wieder aufzubauen."

„Und wer baut mich auf?", fragte Jürgen und sah mit einem Mal ganz blass aus.

Kowalski zögerte. Sollte Jürgen doch mit mehr Gefühlen bei der Sache sein, als er annahm? „Was hältst du davon, wenn wir uns alle gegenseitig helfen?", schlug er vor. „Heute nach Feierabend gehen wir zusammen ins *Kitzinger*. Wer dann reden möchte, kann es tun. Und wenn das niemand fertigbringt, schweigen wir eben miteinander. Besser als nichts. Die Hauptsache ist es doch, dass wir uns nicht aus dem Weg gehen und alles verdrängen."

Jürgen nickte missmutig. „Du hast ja recht, Kowalski", grummelte er. „Manchmal ist es verdammt schwer, Chef zu sein."

Kowalski klopfte ihm auf die Schulter. „Wenn es leicht wäre, könnte es ja jeder."

Jürgen nickte erneut. Dann ging er zur Bürotür und öffnete sie. Das Gespräch schien beendet zu sein …

… und fand seine Fortsetzung erst mittags beim Stamm-Italiener.

Entgegen seiner eigenen Ansprüche an Jürgen und das Team tat sich Kowalski schwer damit, Susis Tod betrauern zu können, denn dazu hatte er die Kollegin einfach zu kurz gekannt. Sie war mehr oder weniger eine Fremde für ihn geblieben. Dennoch war er schockiert und entsetzt über ihr gewaltsames Ableben. Umso mehr wurmte ihn die Tatsache, dass Jürgen – immerhin Susis langjähriger Vorgesetzter – so einfach zur Tagesordnung überging. Dieser Mann mit seinem ausgeprägten Selbstbewusstsein ruhte offenbar tief in sich selbst und ließ sich durch nichts erschüttern. Ihr Vier-Augen-Gespräch in seinem Büro schien Jürgen ruck, zuck wieder vergessen zu haben. Er forderte wie immer seine Extraportion Parmesan, diesmal zu einer Lasagne.

„Zur Lasagne gibt es keinen Parmesan. Da ist genug Käse obendrauf", versuchte sich der Wirt aus der Affäre zu ziehen.

„Nun noch mal in aller Ruhe, eins nach dem anderen, ganz langsam und quasi zum Mitschreiben", sagte Jürgen über seine dampfende Lasagne hinweg und sah

Kowalski erwartungsvoll an. „Was kannst du uns über diese Sache von letzter Nacht erzählen? Was ist passiert und wer steckt dahinter?"

Kowalski stocherte in einem Thunfischsalat. „Um hinten anzufangen: keine Ahnung, wer hinter dem Diebstahl steckt. Es gibt Anzeichen dafür, dass es Leute vom Steinbruch gewesen sein könnten. Aber das ist nur eine Vermutung. Selbst wenn einige der Arbeiter im Spiel gewesen sein sollten, haben die nicht ohne Anweisungen von Hintermännern gehandelt. Ich kann nur hoffen, dass nicht schon wieder der Name Fu Man Chu ins Spiel gebracht wird. Denn von diesem Chinesen-Hokuspokus habe ich allmählich die Nase voll." Bei diesen Worten betrachtete er Andrea, der - wie ihm erst jetzt auffiel - erneut ein Hauch Asia-Flair anhaftete. Diesmal lag es hauptsächlich an der eigenwilligen Art, wie sie sich geschminkt hatte. Ihre Wangen kamen ihm ungewöhnlich fahl vor, die Augenlider wirkten gestreckt und schmal.

„Tja, und über den Rest kann ich auch nur wenig berichten", sagte Kowalski und zog den unwirschen Blick seines Chefs auf sich. „Susi ist offenbar von einem Felsbrocken erschlagen worden, der sich weiter oberhalb am Sandsteinbruch gelöst hatte. Ob Unfall oder Vorsatz muss die Polizei klären."

Jürgen reckte sich und machte sich damit noch größer, als er ohnehin schon war: „Die zentrale Frage lautet: Haben wir eine Chance, die Zahlung an die Museumsleute zu verhindern oder nicht?"

Kowalski schluckte. Dass die Klärung des Versicherungsfalls seinem Chef wichtiger war, als sich erst einmal mit dem Tod seiner Mitarbeiterin zu befassen, empfand er als zynisch und kaltherzig. Und das sagte er auch: „Ist das nicht zweitrangig? Wir sollten zu allererst klären, was Susi mitten in der Nacht im Steinbruch zu suchen hatte. Voigt und seine Saurierspuren können warten."

Jürgen schob seinen Stuhl zurück und verließ ohne ein Wort der Erklärung den Tisch. Kowalski machte sich schon Gedanken darüber, ob er seinen Boss verärgert hatte, bis dieser zurückkam, in der Hand einen Parmesantopf haltend. „Um alles muss man sich selbst kümmern", grummelte er und setzte sich wieder. Er bestreute die Lasagne großzügig mit dem geriebenen Käse, aß appetitvoll drei gehäufte Gabeln, nahm einen Schluck Alster und sagte: „Okay, Kowalski, du sollst deinen Willen bekommen. Wahrscheinlich hängt ja sowieso beides zusammen. Gleich nach dem Essen setzt du dich mit der Hamelner Kripo in Verbindung und bohrst bei denen ein bisschen nach. Du wendest dich am besten an meinen alten Kumpel Dietmar, der ist Hauptkommissar und hat die nötigen Beziehungen und übrigens eine hübsche Frau. Richte ihm schöne Grüße von mir aus, dann gibt er dir die Informationen, die wir benötigen."

Kowalski sah seinen Chef bedauernd an: „Daraus wird leider nichts. Die Obernkirchener Steinbrüche liegen knapp hinter dem Zuständigkeitsbereich der Hamelner. Um Susi kümmert sich die Kripo Nienburg."

„Nienburg?" Jürgen sah ihn mit leichtem Entsetzen an. „Aber das liegt am A ... der Welt! Verflucht, dort kenne ich kein Schwein. Die werden uns gegenüber nichts rauslassen. Ein schöner Schlamassel!"

Abwechselnd kauend und sich beratend setzten sie ihre Mittagspause fort. Am Ende wurde ein Beschluss gefasst, der für jeden von ihnen neue Arbeit bedeutete. Außer für Jürgen, der sich darauf beschränkte, diese Arbeit großzügig zu verteilen:

„Du, Michael, klemmst dich ans Telefon und hörst dich in Susis Verwandten- und Bekanntenkreis um, ob die was über die Pläne ihres letzten Abends wissen. Du, Andrea, gehst der Chinesenspur nach - das kommt dir bei deinem neuen Hobby doch sicher ganz gelegen. Recherchier im Internet, ob du nicht doch etwas Brauchbares über diesen Fu Man Chu herausfinden kannst. Womöglich haben wir etwas übersehen. Versuch es zum Beispiel mal mit unterschiedlichen Schreibweisen des Namens. Wenn das nichts bringt, rück dieser Akupunktur-Tante auf die Pelle, die Kowalski geheilt hat. Ja, und du, Kowalski, fährst noch einmal nach Obernkirchen. Fühl dem Bergbaubetreiber auf den Zahn! Vielleicht kann der uns ein paar brauchbare Hinweise liefern."

13

Steinbruchleiter Röver erwies sich als zuvorkommend und aufgeräumt wirkender Endfünfziger, groß gewachsen, zünftig und gleichzeitig wettertauglich gekleidet wie ein Förster. Von der Art seines Auftretens erinnerte er Kowalski an einen englischen Landadligen. Röver empfing ihn in einem rustikal eingerichteten Büro in einem Verwaltungsgebäude am Rande des Steinbruchs.

„Was kann ich für Sie tun?", erkundigte sich der Gastgeber mit sonorer Stimme und einem Lächeln, das allerdings ein wenig aufgesetzt wirkte.

Kowalski schilderte ohne Umschweife seine Wünsche, woraufhin sich Röver zu einer längeren Erklärung genötigt sah: „Lassen Sie mich ein wenig ausholen, damit Sie sich ein Bild von unserem Unternehmen machen können: Wissen Sie, unser Steinbruch zählt zu den ältesten noch genutzten auf der Welt. Hier wird seit mehr als tausend Jahren Sandstein abgebaut. Wir liefern ihn weit über die Grenzen Europas hinaus aus. Und das wird noch eine ganze Weile so weitergehen. Denn unsere Sandsteinschichten aus der Kreidezeit erreichen eine Mächtigkeit von zwanzig Metern und mehr und sind daher überaus ergiebig. Früher wurde hier alles mit Handarbeit und einfachen Hilfsmitteln erledigt. Später kamen die ersten Maschinen zum Einsatz, etwa Handbohr- oder Keillochhammer, die Vertiefungen ins Gestein trieben und damit Blöcke herausstanzten. Diese Rohblöcke wurden mit Ketten aus der Wand gezogen. Heute setzen wir bei der Gewinnung hauptsächlich auf die Kraft unserer Radlader: Massive

Stahldorne bohren sich in die Naturlagerschichten und brechen den Sandstein in Form von Schollen hydraulisch aus dem Berg. In der Sägehalle schneiden wir den Stein mit lasergesteuerten Blocksägen zu und liefern ihn aus.“ Röver legte beide Hände auf den Tisch und verschränkte seine Finger. „Sie sehen: Wir sind ein modernes Wirtschaftsunternehmen. Eines wie jedes andere, nämlich eines, das den Gesetzen des Marktes gehorchen muss.“ Er legte eine rhetorische Pause ein, bevor er weitersprach. „Ich kann mir denken, dass es für einen Außenstehenden wie Sie nicht leicht ist, unsere Situation zu verstehen. Wir sind ein mittelständisches Unternehmen mit hundert Mitarbeitern. Unsere Branche, der Baustoffhandel, steht seit Jahren unter einem erheblichen Preisdruck. Jeder Kubikmeter verwertbaren Sandsteins ist für uns bares Geld und sichert die Jobs. Für die Wissenschaftler haben wir auf eine hochergiebige Abbaufläche von neunhundert Quadratmetern verzichtet, und es werden wahrscheinlich noch etliche Quadratmeter dazukommen. Für unsere Zwecke ist diese Fläche verloren.“

„Warum tun Sie das dann? Werden Sie vom Landkreis gedrängt?“

Röver griff nach einer Pfeife, die in Gesellschaft mehrerer anderer Modelle in einem Gestell auf seinem Schreibtisch stand, und begann sie zu stopfen. „Keineswegs. Ich hatte nicht die Verpflichtung dazu. Nachdem wir die ersten Trittsiegel entdeckt hatten, hätte ich unternehmerisch denken und die Steine schreddern können.“

„Aber Sie haben es nicht getan. Weshalb?“

„Wissen Sie: Diese Spuren in ihrer einzigartigen Ausprägung und Vielfalt haben mich wirklich bewegt. Ich habe nicht gezögert, Experten hinzuzuziehen, die sofort in helle Begeisterung ausgebrochen sind. Einer dieser Experten, Professor Voigt, sagte mir, dass es in ein bis zwei Generationen ein noch viel größeres Wissen über Saurier geben werde. Da wusste ich, dass es sich lohnt, die Fläche zu erhalten."

„Das ehrt Sie", sagte Kowalski und meinte es ehrlich.

„Schön, wenn Sie das so sehen. In meinen eigenen Reihen habe ich mir mit dieser Einstellung nicht nur Freunde gemacht."

Kowalski wusste sofort, wovon Röver sprach. „Ja, ich habe schon die Bekanntschaft eines Ihrer Mitarbeiter gemacht. Er war nicht gerade ein großer Freund der Forscher."

„Man muss Verständnis dafür haben. Die Männer haben in den letzten Jahren wiederholt Nullrunden bei ihren Gehältern hinnehmen müssen, und letztes Jahr mussten wir erstmals das Weihnachtsgeld einbehalten. Es ist klar, dass die Jungs das nicht klaglos hinnehmen. Die suchen nach Schuldigen für ihre Lage. Die glauben sie bedauerlicherweise in den Wissenschaftlern gefunden zu haben. Ich kann nicht mehr tun, als immer wieder an die Vernunft meiner Männer zu appellieren."

„Sie vermuten einen oder mehrere Ihrer eigenen Mitarbeiter hinter den Zerstörungen im Spurenfeld?"

„So weit würde ich nicht gehen. Aber wie ich auch schon der Polizei gegenüber gesagt habe, kann ich es nicht völlig ausschließen." Er zündete seine Pfeife an, woraufhin sich ein milder süßlicher Duft in dem Raum ausbreitete. „Wahrscheinlicher ist es aber, dass professionelle Fossiliensammler dahinterstecken. Haben Sie sich das Spurenfeld genau angesehen? Die seltensten, bedeutendsten und ungewöhnlichsten Trittsiegel, die von Muttertier und Kind, sind komplett entfernt worden. Sauber ausgeschnitten und gehoben. Alle anderen Zerstörungen sind meiner Meinung nach lediglich die Folgen eines unsachgemäßen oder hektischen Umgangs mit schwerem Gerät."

„Professionelle Sammler?" Kowalski kräuselte die Stirn. „Möglich. Zumindest ist es wert, dieser Idee nachzugehen. – Aber zurück zu Ihrer Mannschaft: Wäre es Ihren Männern rein technisch möglich gewesen, den entstandenen Schaden anzurichten?"

„Theoretisch ja", sagte Röver ohne jedes Zögern. „Wir verfügen über die notwendigen Spezialgeräte wie Fräsen, Bagger, Schwerlastkräne und Muldenkipper. Auch das Knowhow bringen meine Leute mit. Aber glauben Sie mir: Sie sind es nicht gewesen. Unsere Fahrzeuge standen am Morgen in Reih und Glied auf dem Hof, so wie sie immer nach Feierabend abgestellt werden. Die hat nachts niemand angerührt."

„Sind Sie ganz sicher?"

„Meine Hand kann ich dafür nicht ins Feuer legen, denn wir führen auf dem Betriebsgelände keine Fahrtenbücher. Aber, ja, ich bin ganz sicher."

Als Kowalski auf den Fund der Leiche zu sprechen kam, wandelte sich die Gesprächsatmosphäre abrupt. Röver legte seine Pfeife beiseite, sein Oberkörper versteifte sich. „Hören Sie, Herr Kowalski. Zum Tod Ihrer Kollegin werde ich mich nicht äußern. Die Polizei hat von mir erfahren, was ich dazu zu sagen hatte. Viel ist es nicht gewesen. Doch damit habe ich meine Pflicht erfüllt."

Kowalski versuchte zumindest ein paar harmlose Fragen anzubringen, wurde von Röver jedoch jäh abgewürgt:

„Zwecklos, Herr Kowalski. Ich sage dazu nichts. Nur so viel: Ihre Kollegin hat unbefugt unser Gelände betreten. Überall sind Schilder angebracht, die vor Steinschlag warnen. Sie hat sich selbst in Gefahr begeben. Ein Umstand, für den unser Unternehmen nicht haftbar gemacht werden kann."

Kowalski brachte Verständnis für die Haltung des Steinbruchchefs auf - dennoch hätte er zu gern gewusst, welche Theorie Röver persönlich über Susis Tod hatte.

Auch Kowalski setzte sich über die in großen fetten Lettern geschriebenen Warntafeln hinweg und erkundete nach seinem Besuch bei Röver den Steinbruch. Bei Tageslicht sah die Szenerie gänzlich anders aus als in der Nacht: Statt langer Schatten und schwarz glänzenden Felsformationen dominierte nun wieder das Ockergelb und Zinnoberrot des Sandsteins, umsäumt vom satten Grün des Waldes.

Kowalski suchte die Stelle auf, an der man Susi in der Nacht aufgefunden hatte. Rotweißes Flatterband markierte den Unfallort und wies ihn gleichzeitig als Sperrzone der Polizei aus. Im Näherkommen bemerkte Kowalski eine dunkelrote Verfärbung - Susis Blut, das in den Stein eingedrungen war. Er spürte, wie ihm eine Gänsehaut wuchs.

Er richtete seinen Blick nach oben, betrachtete die steile Wand, die von seiner Position aus gute zwanzig Meter in die Höhe ragte. Der Sandstein bildete mehrere, übereinanderliegende Schichten unterschiedlicher Stärken und Schattierungen. Ganz oben war die Abbruchkante zu erkennen, an der sich mehrere lose Brocken und Platten aufreihten, die so aussahen, als könnten sie jederzeit herabstürzen.

Kowalski fragte sich, was Susi hier gesucht haben mochte.

Als er später zu seinem Auto zurückkehrte, erwartete er fast, mit einem weiteren Glückskeks überrascht zu werden. Doch er fand den Fahrersitz leer vor. Darüber war er beinahe ein wenig enttäuscht.

14

Er war guter Dinge, als er über die vierspurige B 65 in Richtung Stadthagen brauste, denn Kowalski hoffte auf die kurzfristige Wiederherstellung seiner Reputation. Schließlich hatte ihn kein geringerer als Dr. Hans-Werner Strobel anrufen lassen und um ein Treffen gebeten. Da Strobel in der Kreisstadt an einem Meeting teilnahm, wollte er im Anschluss mit Kowalski sprechen, da dieser ja ohnehin in der Nähe auf dem Saurierfeld beschäftigt sei. Kowalski sah diesem Treffen mit großem Optimismus entgegen, weil er insgeheim hoffte, dass ihn sein früherer Protegé Strobel nun doch schneller als geplant zurück in die Zentrale nach Hannover beordern würde.

Seine Freude wurde allerdings frühzeitig getrübt, als er unmittelbar am Ortseingangsschild mit neunzig Sachen in eine fest installierte Radarfalle brauste.

„Verfluchter Dreck!", wetterte er und hieb auf das Lenkrad.

Der nächste Dämpfer erfolgte, als er Vorstandsmitglied Dr. Strobel wie verabredet auf dem Stadthäger Marktplatz vorm Ratskeller traf. Strobel trat geschniegelt in dunkelblauem Anzug mit korrekt sitzender, dezent gestreifter Krawatte vor das stolze Weserrenaissancegebäude, während Kowalski ihn in einem äußerst lässig sitzenden Sommeranzug begrüßte. Strobel schien das saloppe Auftreten nicht gerade zu goutieren, das zumindest sagte sein skeptisch prüfender Blick aus.

Und auch die Nachricht, die der Boss für Kowalski dabeihatte, war nicht die erhoffte: „Ich muss mit Ihnen über Hameln sprechen", brummte Strobel, strich sein akkurat geschnittenes Silberhaar glatt und dirigierte ihn von den anderen Meetingteilnehmern weg in Richtung eines Brunnens mit kunstvollen Bronzefiguren auf einem kreisrunden Sandsteinsockel. „Die Niederlassung an der Weser bereitet uns in letzter Zeit Kopfzerbrechen. Nicht nur wegen des bedauerlichen Zwischenfalls und dem Ableben Ihrer Mitarbeiterin. Daher ist es gut, dass Sie da jetzt sitzen und ein wenig nach dem Rechten sehen können."

„Ah, ja?" Kowalski bemühte sich, seine Enttäuschung zu verbergen.

„Ja, Sie sollten Ihre Augen und Ohren aufsperren: Unser Controlling ist auf einige Ungereimtheiten gestoßen. Oder sollte ich sagen: Abweichungen?" Er forschte in Kowalskis Gesicht nach Reaktionen, doch diese blieben aus. „In Hameln wird nicht sauber abgerechnet. Das betrifft diverse Vorgänge. Nicht dass wir konkrete, nennenswerte Verstöße nachweisen könnten, nein, wir haben bislang nichts in der Hand, was justiziabel wäre. Aber es steht zu befürchten, dass die Hamelner etwas ausbrüten."

„Ausbrüten? Ich verstehe nicht ganz ..."

„Das müssen Sie auch nicht, Kowalski. Noch nicht. Seien Sie einfach wachsam und achten Sie darauf, was die Belegschaft um Sie herum tut. Wenn Sie Verdachtsmomente erkennen, notieren Sie es. Wir brauchen eine lückenlose Dokumentation, wenn wir etwas nachweisen wollen."

„Aber entschuldigen Sie, Herr Dr. Strobel: Wenn ich nicht weiß, auf was genau ich achten soll, gebe ich einen schlechten Spitzel ab."

Strobel räusperte sich und sah sich nach den entfernt stehenden Geschäftspartnern um. „Niemand will Sie zum Spitzel machen, Kowalski. Wir möchten einzig und allein Ihre Sensibilität schärfen." Er zwinkerte ihm zu, was reichlich verkrampft wirkte. „Bedenken Sie, dass Sie ein Erfolg in dieser Angelegenheit ein ganzes Stück näher an Ihr Ziel bringen könnte: die Rückkehr in die Zentrale."

Diese Aussage erfüllte Kowalski mit neuer Hoffnung. „Also gut", sagte er. „Bei wem vermuten Sie denn die genannten Abweichungen? Immerhin sind wir eine Agentur mit mehreren festen und etlichen freien Mitarbeitern. Zuzüglich dem Niederlassungsleiter."

„Wir tippen auf die mittlere Ebene. Es könnte nicht schaden, wenn Sie Ihren Kollegen Michael ..."

„Michael?", fragte Kowalski wie aus der Pistole geschossen. Er konnte sich kaum vorstellen, dass sich ausgerechnet sein gelegentlicher Thekenkumpel aus der Firmenkasse bediente oder wie auch immer geartete Schwindeleien ausheckte. Er war zwar stinkfaul, aber kein Krimineller. Andererseits: Kannte er ihn wirklich schon gut genug, um das beurteilen zu können?

„Seien Sie wachsam und beobachten Sie das Verhalten der anderen", gab ihm Strobel mit auf den Weg, bevor er sich abwandte und mit den anderen Schlipsträgern zurück in den Ratskeller ging. Freilich ohne vorher noch einmal auf die Chancen für Kowalskis Wiedereingliederung in die Zentrale zu sprechen zu kommen.

Beim Mittagstisch beim Stammitaliener sah man Kowalski sein mulmiges Gefühl, das ihn seit seiner Unterhaltung mit Big Boss Strobel begleitete, wohl an. Denn Andrea, die vor den anderen Kollegen eintraf und sich zu ihm setzte, fragte prompt:

„Ist dir eine Laus über die Leber gelaufen?"

„Ja", sagte Kowalski spontan. „Eine mit Businessanzug und gestreifter Krawatte."

„Bitte?"

Kowalski lächelte.

„Ach, nichts. Ich gerate bloß manchmal in eine Zwickmühle, weil ich als Neuling in eurer Niederlassung immer ein wenig außen vor stehe und nicht sicher bin, zu wem ich eigentlich gehöre. Zu euch Hamelnern oder doch zu den Hannoveranern."

Andrea sah ihn an, schmunzelte und sagte ohne jede Einschränkung: „Wenn du mich fragst: ganz klar zu uns Hamelnern! Du hast dich super integriert, lässt nicht heraushängen, dass du nach Jürgen quasi der Zweitchef bist und drückst dich nicht vor unangenehmer Arbeit. Glaub mir: Unser Team weiß es zu schätzen, dass du nicht bloß alles von dir weg delegierst. Es ist klasse, was du in deiner kurzen Zeit bei uns schon alles bewerkstelligt hast."

„Jetzt übertreib mal nicht. Was habe ich denn schon getan? Saurierspuren versichert, um sie mir dann stehlen zu lassen – tolle Leistung! Und dann noch der Tod von Susi ..."

„Das war nicht deine Schuld. Du hast die Sache mit den Trittsiegeln genau geprüft, bevor du zugestimmt hast. Und Susi war schließlich zu den gleichen Schlüssen gekommen wie du."

„Also schön. Du hältst mich also für gut integriert. – Glaubst du, Michael sieht das genauso?"

Andrea stutzte kurz und fragte: „Wie kommst du ausgerechnet auf Michael? Ihr wart doch schon öfter einen trinken. Du müsstest es also selbst wissen."

„Ich möchte es aber gern von dir hören."

„Ja ... also, ich ..."

„Warum druckst du herum? – Sollte ich etwas über Michael wissen, was ihr mir bisher verschwiegen habt?“

Andrea schreckte auf. „Nein, nein! Wieso sollten wir etwas verschweigen?“ Sie rutschte nervös auf ihrem Stuhl herum. „Ich kann dir nur versichern, dass wir alle im Büro große Stücke auf dich setzen. Das merkt man uns bestimmt nicht immer an, schon gar nicht Jürgen mit seiner ruppigen Art, aber du kannst mir glauben: Hinter deinem Rücken zieht ganz bestimmt niemand über dich her. Schon gar nicht Michael.“

Kowalski fixierte seine Gesprächspartnerin mit seinen Blicken. „Und wenn wir den Spieß mal umdrehen: Wie sieht es denn mit Michael aus? Ist er auch so beliebt wie das angeblich bei mir der Fall sein soll?“

Andrea wurde noch unruhiger. „Kowalski, jetzt mach mal halblang“, sagte sie und ließ verkniffene Züge um ihren Mund erkennen. „Worauf willst du mit deiner Fragerei eigentlich hinaus?“

„Ich muss es einfach wissen: Ich muss wissen, wem ich vertrauen kann und wem nicht.“

Andrea wirkte auf einmal sehr verhärmt und verschlossen. Sie beugte sich über dem Tisch weit zu ihm vor und sagte: „Kowalski, lass es bitte einfach gut sein. Zu viel Neugierde schadet nur. Sowohl dir als auch mir. Besonders dann, wenn es um …“

Weiter kam sie nicht, denn in diesem Moment betraten Jürgen und Michael angeregt plaudernd das Restaurant.

Andrea lehnte sich flugs zurück und setzte ein Lächeln auf, das an Unverbindlichkeit kaum zu überbieten war.

15

„Herr Professor Voigt? Schön, dass ich Sie erreiche. Kowalski am Apparat."

„Ach, ja, Sie sind das? Haben Sie etwa Neuigkeiten für mich? Hoffentlich nur gute!"

„Bedauere. Dafür ist es zu früh. Wir stehen am Anfang unserer Recherchen, daher kann sich die Auszahlung der Versicherungssumme ..."

„Wissen Sie: Mir kommt es in erster Linie gar nicht auf das Geld an, sondern darum, meine Trittsiegel heil und sicher zurück an ihren angestammten Platz führen zu können."

„Sehr ehrenvoll, Herr Voigt. Dasselbe Ziel verfolgen wir auch. Deshalb ist es wichtig für mich, dass Sie mir mehr Informationen liefern. Ich muss wissen, welche Klientel sich für die Spuren interessiert."

„Eine sehr allgemeine, beinahe willkürliche Frage. Die Wirbeltierpaläontologie ist ja schon immer für eine Schlagzeile gut gewesen, dementsprechend gibt es Interessenten, wie Sie es nennen, überall auf der Welt: Erstaunliche und sehr alte Fossilienfunde primitiver Wirbeltiere werden aus China gemeldet, Fossilienjäger aus den USA streiten sich darum, welches der größte Dinosaurier oder der älteste gefiederte Dinosaurier war, man stellt einem urtümlichen, fossilen Urvogel in Bayern nach und in Afrika wird ebenso fleißig nach prähistorischen Knochen oder Ablagerungen gegraben. Wie gesagt: Überall auf der Welt wird gekratzt und gebuddelt. Entsprechend groß ist die Zahl der sogenannten Interessenten."

„Können Sie das Feld der potenziellen Kandidaten für diesen Coup nicht ein wenig eingrenzen? Haben Sie nicht einen - wenn auch nur vagen - Verdacht?"

„Die Geschichte der Evolution der Wirbeltiere ist für jedermann faszinierend. Deshalb explodieren zurzeit die Ideen für neue Forschungsansätze: der Ursprung der Reptilien, die notwendigen Anpassungen für die Fortbewegung an Land, neue mesozoische Vögel, die frühesten Säugetiere, Ökologie und Vielfalt der Säuger, Ursprung, Evolution und Biologie ..."

„Bitte, Herr Professor, ich brauche es konkreter! Bleiben wir bei den Funden auf dem Bückeberg. Was können Sie mir darüber sagen, das uns bei unseren Recherchen behilflich sein könnte?"

„Ach, wissen Sie: Obernkirchen hat sich seinen Platz in der Paläontologie ja schon vor langer Zeit erkämpft. Vereinzelte Fährten des Iguanodon sind dort bereits seit dem neunzehnten Jahrhundert bekannt. Besonders spektakulär sind aber die neueren Funde, vor allem die parallel verlaufenden Gruppen von Fährtenzügen. Das ist für die Forschung von enormer Bedeutung, denn so wird das Sozialverhalten der Riesen belegt und Rückschlüsse auf ihren Familienverband ermöglicht. Die gestohlenen Fährten von der oberen Sohle sind durch ihre Erhaltungsqualität und Dichte von höchster wissenschaftlicher Bedeutung!"

„Das wissen wir ja. Aber wem ist es zuzutrauen, für den Diebstahl dieser Spuren ein solches Risiko einzugehen - und vielleicht sogar ein Todesopfer einzukalkulieren?"

„Ich kann es mir nicht erklären. Jedenfalls steckt kein seriöser Wissenschaftler dahinter. Schon eher die Kategorie von Leuten, die eine Art Jurassic Park aufbauen wollen."

„Sie glauben, Ihre Mutter-und-Kind-Fährte ist auf dem Weg in einen Vergnügungspark?"
„Ich kann nur hoffen, dass ich mich täusche."

Lagebesprechung in der HVN-Niederlassung: Kowalski trudelte als Letzter ein.
„Was haben wir?", eröffnete Jürgen die Konferenz.
Michael machte den Anfang, indem er den anderen sein Leid darüber klagte, wie er bei fast allen Angerufenen abgeblitzt war. Die meisten wollten sich in ihrem Schmerz über den Verlust ihrer Schwester, Tochter, Nichte, Kusine, besten Freundin und Ex-Loverin Susi nicht von ihm stören lassen. Jedes Mal flog er schon nach weniger als dreißig Sekunden aus der Leitung. Immerhin hatte er in Erfahrung bringen können, dass Susi offensichtlich auf eigene Faust und in geheimer Mission auf nächtliche Erkundungstour durch den Steinbruch aufgebrochen war. Denn niemand hatte auch nur ansatzweise etwas über derartige Pläne von ihr erfahren.
Als nächstes war Kowalski an der Reihe und berichtete von seinem Besuch bei Röver und den zwei Hinweisen, denen er weiter nachgehen wollte: den einen, der zum Mitarbeiterstamm des Bergbaubetriebs führte, und den anderen in Richtung krimineller Fossiliensammler.
Zuletzt trug Andrea ihre Rechercheergebnisse vor: „Um es gleich vorweg zu nehmen: In Sachen Dr. Fu Man Chu ist nichts zu wollen. Außer dieser albernen Filmfigur ist nirgends eine Person dieses Namens verzeichnet. Und ihr könnt mir glauben: Ich habe mir die Finger wund gegoogelt. Leider war auch die Akupunktur-Geisha Fehlanzeige: Ihr Laden ist zu, alles verrammelt. Niemand hat geöffnet, obwohl ich minu-

tenlang Sturm geklingelt habe." Die kleine Frau grinste, als sie weiterredete: „Aber dann bin ich mehr oder weniger durch Zufall einem Reporter begegnet, als ich zwischendurch einen Cappu im *Lesercafé* bei der Dewezet getrunken habe."

„Na, sauber!", mokierte sich Jürgen.

„Ich hoffe, du hast nicht alles ausgeplaudert und uns eine Schlagzeilenstory in der morgigen Ausgabe eingebrockt."

Andrea winkte ab. „Im Gegenteil: Er war es, der geplaudert hat. Kam ganz von allein auf das Thema und redete von den Dinos aus Obernkirchen und dann – haltet euch fest! – über China, wo es ein selbst den Experten unbekanntes Museum geben soll, in dem hundert Skelette desselben Sauriertyps wie die Viecher aus Obernkirchen zu sehen sein sollen. Um seine lange Geschichte kurz zu machen: Dieses Museum wird offenbar von einem steinreichen Privatmagnaten betrieben, der alles sammelt, was in irgendeiner Form mit den Iguanodons zu tun hat." Sie blickte um Beifall heischend in die Runde.

„Gut gemacht, Andrea!", lobte Kowalski, bevor Jürgen die Chance hatte, seinen Senf dazuzugeben. „Damit haben wir bereits zwei Hinweise, die in Richtung von Sammlerkreisen führen."

„Mmmmpff", grunzte Jürgen. „Also gut. Gehen wir der Sache nach. Wenn wir diesen irren Sammler oder seine Helfershelfer erwischen und überführen können, muss er die Zeche zahlen, und wir sparen uns die Versicherungssumme." Die anderen sahen ihren Chef abwartend an und rechneten mit konkreten Instruktionen. Stattdessen blaffte er sie an: „Worauf wartet ihr noch? Schwärmt aus! Rollt die Dinoszene auf! Lasst keinen Stein auf dem anderen."

„Wohl eher keinen Knochen an dem anderen", spöttelte Andrea im Gehen.

Kowalski folgte ihr auf dem Fuß und war froh, sie im Treppenhaus allein sprechen zu können, denn Jürgen und Michael waren noch sitzen geblieben.

„Ich find's befremdlich", sagte er und forschte in Andreas Gesicht nach einer Reaktion. „Da stirbt eine Kollegin, und ihr macht einfach weiter wie gewöhnlich. Das ist doch nicht normal! Wo bleibt das Mitfühlen, wo die Traurigkeit? Seid ihr wirklich so abgebrüht oder wollt ihr euch nichts anmerken lassen?"

Während sie langsam die Straße entlang schritten, vorbei an zwei- und dreistöckigen Fachwerkhäusern, ließ es Andrea erstmals etwas menscheln: „Nein, Kowalski, ganz im Gegenteil. Der Schock sitzt tief, zumindest bei mir. Und bei Michael wohl auch. Obwohl der ziemlich schwer zu durchschauen ist. Ein widersprüchlicher Mensch, aus dem ich auch nach fast fünf Jahren Zusammenarbeit in einem Büro nicht schlau werde. Wie's um Jürgens Gemütslage steht, kann ich auch nicht beurteilen. Er mimt nun mal gern den harten Hund; vielleicht muss man das in seiner Position. Aber du wirst sehen: Zur Beerdigung schickt er einen riesigen Kranz, der das Budget des internen Traueretats sprengt."

„Trotzdem kann man nicht einfach weitermachen, als wäre nichts geschehen", fand Kowalski, obwohl er selbst auch nicht als zartbesaitet galt.

„Susi hätte sich nicht anders verhalten als wir. Sie fühlte sich pudelwohl in ihrer Rolle als Frontsau. Es war klar, dass sie mit ihrer forschen und oft aneckenden Art irgendwann mal Schiffbruch erleiden würde."

„Es geht nicht um Schiffbruch, sondern um das Ende eines menschlichen Lebens. Meine Güte, versteht mich denn keiner? Gesetzt den Fall, dass es sich nicht um einen Unfall gehandelt hat - dann müssten wir doch reagieren! Etwas tun!"

Andrea blieb stehen und funkelte Kowalski an: „Was glaubst du, was wir machen? Statt herumzustehen und Trübsinn zu blasen, wollen wir handeln! Jürgen hat es noch nie zugelassen, dass wir die Hände in den Schoß legen. Auch diesmal nicht. Und du kannst behaupten, was du willst: Ich finde es richtig, wie wir mit der Sache umgehen!"

Kowalski ließ die Worte auf sich wirken und nickte verhalten.

„Wahrscheinlich hast du recht. Ich bin der Neue in eurer Runde und sollte mich mit schlauen Ratschlägen zurückhalten." Dann wechselte er das Thema und erkundigte sich: „Bist du eigentlich immer noch so fasziniert vom Reich der Mitte?"

Über Andreas bis eben ernstes Gesicht huschte ein strahlendes Lächeln. „Und wie!", antwortete sie mit Begeisterung. „Ich habe erste Schritte unternommen, Chinesisch zu lernen. Magst du ein paar Beispiele hören?"

„Nur zu!", ermunterte Kowalski sie.

„Hallo heißt auf Chinesisch Ni Hao, wörtlich: Du gut. Dabei stellt das Schriftzeichen für ‚gut' eine Frau mit Kind im Arm dar. Da sind die Chinesen ganz stolz drauf."

„Klingt nett, aber auch kompliziert."

„Ach was: Chinesisch ist eigentlich Babytalk. Es gibt keine Artikel, keine grammatischen Fälle, keine Verbbeugungen und keine Zeiten. Wenn du zum Beispiel einen Satz im Futur bilden willst, sagst du einfach: Morgen gehe ich da oder dort hin. Simpel, oder?"

„Na ja, Hauptsache, du hast deinen Spaß dran."

„Den habe ich! – Und es hilft mir darüber hinweg, ständig an Susi zu denken."

16

Leichter gesagt als getan, dachte Kowalski, der nach wie vor wenig Ahnung von Dinosauriern hatte, noch weniger aber von Leuten, die mit dem Sammeln und Verkaufen von prähistorischen Trophäen ihren Lebensunterhalt bestritten.

Da er keine bessere Idee und null Kontakte in die Szene hatte, entschied er sich dazu, den Anfang bei einem Antiquitätenhändler zu machen. Vom Vorbeifahren kannte er einen größeren Laden, der im alten Bahnhof von Fischbeck untergebracht war. Dort wollte er sein Glück versuchen.

Den Besitzer des Antiquitätenhandels traf er vor der Tür des rostroten Backsteingebäudes an. Er war gerade damit beschäftigt, einige wetterfeste Exponate neben dem Eingang aufzustellen, als Kowalski ihn ansprach. Der Händler, der sich ihm mit dem Namen Sander vorstellte, blieb freundlich und zuvorkommend, obwohl Kowalski gleich zu Beginn klarstellte, dass er nicht als Sammler von alten Gegenständen, sondern lediglich von Informationen vorbeigekommen war.

„Was möchten Sie denn von mir wissen?", fragte Sander, ein Mann mit lichtem grauen Haar, Bart und schmaler Brille, nachdem er Kowalskis Visitenkarte studiert hatte. Er ging voraus und führte Kowalski ins Innere des einstigen Vorstadtbahnhofs, der noch immer das Flair früherer Jahrhunderte ausstrahlte. Anstelle des Fahrkartenhäuschens und Bänken für die Wartenden füllte nun das Mobiliar längst erloschener Familiendynastien aus Biedermeier- und Gründerzeit die Halle.

„Mir geht es darum, die Mechanismen der Sammlerszene zu verstehen. Speziell der von Fossilienliebhabern."

„Da sind Sie bei mir an der falschen Adresse. Ich handele vorwiegend mit Kunst, Möbeln, Accessoires, Schmuck und Tafelsilber. Fossilien interessieren mich nur am Rande."

„Aber Ihnen sind schon welche angeboten worden?"

Sander bestätigte das und dirigierte Kowalski zu einem kleinen runden Tisch, neben dem zwei zerbrechlich wirkende Stühle standen. Sie setzten sich. „Hin und wieder habe ich mit Kunden und Verkäufern zu tun, die danach fragen."

„Dann werden Sie auch über die Saurierspuren in Obernkirchen Bescheid wissen", unterstellte Kowalski.

„Sicher. Das ging ja groß durch die Presse. Ich war sogar selbst schon dort und habe sie mir angesehen."

„Was halten Sie von den Abdrücken?"

„Für das Weserbergland ist das eine Sensation. Bei uns wurden noch nie so gut erhaltene Spuren gefunden, noch dazu in dieser Menge. Abgesehen vielleicht von denen in Münchehagen."

„Was würden Sie dazu sagen, wenn Ihnen eine oder mehrere dieser oder ähnlicher Spuren zum Kauf angeboten werden würden?"

Sander lachte kurz auf. „Ich würde dankend ablehnen."

„Ihre Gründe?"

„Abgesehen von den unpraktikablen Maßen meinen Sie? Da gibt es nur einen Grund: Misstrauen! Denn solange die Besitzverhältnisse nicht eindeutig geklärt sind, kann man sich bei Fossilien leicht die Finger verbrennen. Sie müssen wissen: Wer etwa in Baden-Württemberg auf Versteinerungen stößt, der muss sie kostenlos abgeben, falls sie wissenschaftlich interessant sind. So regelt das der Denkmalschutz. In Bayern ist das anders. Dort gehören die Funde zur Hälfte dem Eigentümer des Grundstücks, auf dem sie gefunden wurden, zur anderen Hälfte dem Finder. Ähnlich ist die Lage bei uns. Das macht es kompliziert. Steinbruchbesitzer, Arbeiter, Fossiliensammler – da hängen viele mit drin. Ein jeder will seine Ansprüche geltend machen."

Kowalski beschloss konkreter zu werden. „Einmal angenommen, jemand würde eine gut erhaltene, komplette Trittsiegelsammlung auf den Markt bringen. Eine mehrere Meter lange Spurenfolge im Sandstein. Wer käme dafür als Käufer in Betracht?"

Sander kratzte sich am Bart. „Ich jedenfalls nicht. Auch für ein Museum wäre das zu teuer. Wer mit Fossilien richtig Geld verdienen will, geht auf die einschlägigen Messen wie es sie etwa in Arizona gibt, wo wesentlich höhere Summen gezahlt werden, als man sie bei uns in Deutschland erzielen kann. Meistens stecken dann finanzkräftige Sponsoren dahinter. Oder reiche Privatsammler."

„Mit Sponsorengeldern auf Dinospurenjagd?"

„Fossilien zu kommerzialisieren bringt nicht nur Nachteile", meinte Sander und betrachtete Kowalski über seinen Brillenrand hinweg. „Ausgrabungen sind teuer, da kann es sinnvoll sein, wenn Privatleute oder Firmen mithelfen. Aber es kann dabei natürlich auch passieren, dass bedeutende Funde der Wissenschaft vorenthalten werden und bei reichen Sammlern im Wohnzimmer landen."

Kowalski dachte an den reichen Dino-Fan im fernen China und fragte: „Mein Budget wird kaum für einen

Abstecher zur Fossilienshow nach Arizona reichen. Können Sie mir einen Tipp geben, wo ich mich hier in der Nähe unter Insidern umhören könnte?"

Sander überlegte kurz und sagte: „Schauen Sie sich mal die Nachlässe von Max Ballerstedt an."

Kowalski blickte ihn fragend an: „Muss ich den Herrn kennen?"

„Wenn Sie aus der Gegend stammen: ja. Ballerstedt gilt als ein großer Fossilienforscher aus Bückeburg. Längst verstorben, aber man kommt nicht um ihn und seine Forschungsarbeiten herum, wenn man sich für die Thematik interessiert."

„Gut, danke", sagte Kowalski etwas enttäuscht. „Haben Sie vielleicht auch etwas Konkreteres für mich?"

„Versuchen Sie es bei der Mineralien-Messe in Hannover. Wenn ich mich nicht irre, läuft die noch ein paar Tage. Dort werden Sie die richtigen Ansprechpartner finden."

Kowalski bedankte sich bei dem auskunftsfreudigen Händler und kaufte entgegen seiner Vorsätze doch noch eine Kleinigkeit: eine emaillierte Gießkanne, die er seiner Frau mitbringen würde.

17

Bückeburg, die Residenzstadt mit prachtvollem Schloss und einem Fürstenpaar, das Kowalski aus Neles Frauenzeitungen bestens vertraut war, bedeutete für ihn nur einen kurzen Abstecher. Den nahm er gern in Kauf, um dem Hinweis auf den heimischen Saurierforscher Ballerstedt unverzüglich nachgehen und somit abhaken zu können.

Sein Ziel war das Schaumburg-Lippische Landesmuseum – ein großer Name für ein sehr übersichtliches Gebäude. Immerhin: Schon an der Außenmauer hing eine Sandsteinplatte mit fossilen Abdrücken. Hier war er also richtig, dachte Kowalski beim Eintreten.

Auf der Suche nach Hintergrundinformationen über den heimischen Saurierforscher stöberte Kowalski durch das Gebäude, verweilte zunächst in der Eingangshalle, die von einem Kamin mit beachtlichen Ausmaßen dominiert wurde. Wie auch die beiden antiken Schalen zur Linken und zur Rechten des Kamins war dieser von Steinmetzen aus Sandstein gehauen worden.

Die helle, elegante Struktur des Materials stellte ein Markenzeichen seiner Herkunft dar, nämlich der Obernkirchner Sandsteinbrüche, was Kowalski inzwischen wusste. Wie er einer Schautafel entnahm, handelte es sich bei den Exponaten um sakrale Kleindenkmäler aus dörflichen Kirchen und Klöstern. Darunter Reliefs und Taufsteine.

Ins Obergeschoss warf er nur einen kurzen Blick: Die dort gezeigten, ausgesprochen farbenfrohen Schaumburger Trachten interessierten ihn nicht. Ebenso wenig wie die Militaria-Sammlung und die ausgedienten Uniformen aus dem Fürstenhaus im Dachgeschoss.

Kowalskis Themenbereich war in den Keller verbannt worden: Trotz der beengten Verhältnisse in Räumen, in denen er dank historischem Tonnengewölbe teilweise kaum aufrecht stehen konnte, erwies sich das Untergeschoss für ihn als Goldgrube. Kowalski stieß auf eine Fülle von Fotos und Dokumenten über den emsigen Spuren- und Fossiliensammler Ballerstedt.

In einem etwas laienhaft aus Fichtenbrettern - wohl vom Baumarkt - nachgebauten Bollerwagen lagen kreuz und quer ein paar stattliche Versteinerungen von dreizehigen Sauriern. In einer Vitrine entdeckte er den Kiefer eines Urzeitkrokodils, in einer weiteren einen runden Panzerschild, wohl den einer Schildkröte.

Das, was er eigentlich suchte, entdeckte er in einer weiteren Vitrine, diesmal in lackrot gehalten. Sie enthielt umfangreiches schriftliches Material über Ballerstedt - und während Kowalski las, schaute ihm der alte Meister über die Schulter. Denn nur zwei Schritte von Kowalskis Position entfernt lehnte ein lebensgroßer Schwarzweißabzug eines Ballerstedt-Fotos an der Wand: ein Mann, ganz im Stile seiner Zeit, mit strengem Blick, vollem Bart und aufrechter Haltung. Eine ähnliche Aufnahme hatte er einmal vom Kaiser gesehen, dachte Kowalski. Dann tauchte er in die Texte ein:

Max Ballerstedt, 1857 als Sohn des örtlichen Hofpredigers in Bückeburg geboren und 1945 verstorben, widmete sein Leben der Paläontologie. Er studierte Mathematik und Naturwissenschaften in Marburg und Berlin, bevor er in seine Heimatstadt zurückkehrte und als Oberlehrer am Gymnasium Adolfinum tätig wurde. 1907 ging er, vom Fürsten von Schaumburg-

Lippe inzwischen zum Professor ernannt, vorzeitig in den Ruhestand, denn er hörte nicht mehr gut. Dies hielt ihn allerdings nicht davon ab, die seinerzeit zweitgrößte europäische Privatsammlung von Fossilien aus den Bückeburger Bergen, vor allem aus dem nahen Harrl, zusammenzutragen. Darunter Versteinerungen von Echsen jeglicher Größe und – Dinosaurierfährten.

Ballerstedt galt als ein Pionier im Auffinden und Auswerten von Fährten. Er allein entdeckte über zweihundert Spuren und veröffentlichte mehrere wissenschaftliche Werke darüber. Kowalski schmunzelte, als er einige der Titel seiner Publikationen las:

„Über Schreckenssaurier und ihre Fußspuren", hieß die eine, eine andere „Nashornfund bei Kleinenbremen".

So vertieft war Kowalski in das Studieren der alten Aufzeichnungen und Drucke, dass er die Frau an seiner Seite zunächst gar nicht bemerkte. Aufmerksam wurde er auf sie erst durch ihren Duft: ein frisches, sportives Parfüm.

Er wandte sich um und sah sich einer jungen Dame von etwa Mitte zwanzig gegenüber. Sie hatte ein hübsches schmales Gesicht, schulterlanges braunes Haar und eine Figur, zu der das Parfüm passte: sportlich schlank. Hinter einer modischen Brille blickten ihn zwei intelligente Augen an.

„Ballerstedt war früh davon überzeugt, dass sich Dinosaurier weitaus agiler bewegten, als damals angenommen wurde", sagte sie und stellte sich als Verena Depenbach vor. „Demnächst Dr. Verena Depenbach", fügte sie kokettierend hinzu. „Ich arbeite an meiner Dissertation und verdiene mir als Museumspädagogin etwas dazu."

Kowalski gab sich als ganz normaler, aber durchaus interessierter Museumsbesucher aus und hörte der schlauen Hübschen zu, während sie gemeinsam die übersichtliche, aber gleichwohl aussagekräftige Ausstellung abschritten.

„Dass die Rekonstruktionen in den früheren Museen falsch waren, hat Ballerstedt zeitlebens geärgert. Doch seine Ansicht setzte sich erst ab den sechziger Jahren durch."

„Wo hat Ballerstedt seine Grabungen denn hauptsächlich angesetzt?", fragte Kowalski und hoffte auf einen Hinweis auf die Obernkirchner Steinbrüche.

„Ballerstedt sammelte meistens in den Ablagerungen der sogenannten Wealden-Schichten, die neben Schiefertonen und Wealdenkohle eben auch umfangreiche Sandsteinlager enthalten."

„Sandstein?", hakte Kowalski nach.

„Ist das wohl die vielversprechendste Grundlage für die Suche?"

Die junge Frau lächelte herzlich und zeigte dabei zwei Reihen schöner weißer Zähne. „Professor Ballerstedt hat mit seinen Arbeiten zu Beginn des zwanzigsten Jahrhunderts das Fundament für die moderne Saurierforschung gelegt und dies vor allem dem ersten größeren Dinosaurierfund von 1855 im Sandstein des Harrl zu verdanken."

„Eine ergiebige Quelle, dieser Sandstein, was?"

„Ja, das kann man sagen: 1879 fand man in Obernkirchen die ersten Trittspuren, die dem Iguanodon zugeordnet werden. 1884 stellte der Paläontologe Wilhelm Dames ein bei Stadthagen entdecktes Oberarmknochenbruchstück eines Dinosauriers vor, das unzweifelhaft ebenfalls zu der Gattung Iguanodon gehörte. Und 1887 beschrieb der Paläontologe Ernst

Koken einen im Hauptkohleflöz Obernkirchen gefundenen Dinosaurier-Zahn derselben Spezies."

Verflucht, dachte Kowalski, warum hat man mir das alles nicht schon viel früher gesagt? Der Steinbruch in Obernkirchen schien eine Goldgrube für Fossiliensammler zu sein. Ausgerechnet die vielversprechendste und daher wohl auch wertvollste Spur hatte er versichert, ohne auch nur die geringste Ahnung von ihrer wahren Bedeutung gehabt zu haben. Er war wie ein blutiger Anfänger in ein komplexes Themengebiet hineingeschlittert und hatte sich darin tief verstrickt, ehe er die Mechanismen und Regeln zu erkennen lernen verstanden hatte. Die junge Frau mit den schönen Zähnen und dem angenehmen Geruch wusste tausend Mal mehr als er über diese Sachen.

Mit Blick auf seine Armbanduhr bedankte er sich bei der auskunftsfreudigen Museumsmitarbeiterin, die ihm sicherlich noch viel mehr über Ballerstedt und dessen Erbe erzählt hätte.

Doch er musste sich nun anderen Dingen widmen.

Traurigen Pflichten.

18

Kowalski näherte sich der Trauergemeinschaft sehr langsam. Am Nachmittag war der Himmel merklich zugezogen - als wollte er das angebrachte Ambiente für die Beerdigung schaffen.

Kowalski fühlte sich auf Friedhöfen nicht wohl; er konnte sie nicht unbefangen betreten. Selbst eine Anlage von parkähnlicher Größe, wie sie der Waldfriedhof Wehl darstellte, flößte ihm ein Unwohlsein ein, dem er sich kaum entziehen konnte.

Ungefähr zwei Dutzend Trauergäste hatten sich an dem offenen Grab eingefunden. Der Sarg war schneeweiß mit golden glänzenden Beschlägen. Wie der einer Prinzessin, dachte Kowalski. Dabei war Susi alles andere als eine Prinzessin gewesen. Weder besaß sie die notwendige Anmut, geschweige denn Grazie. Aber vielleicht hatte sie es sich gewünscht, so zu sein wie eine Prinzessin. Ein Wunsch, den sie aus Kindertagen herübergerettet haben mochte und der nun in Form des weißen Sarges Gestalt annahm.

Bis auf seine Kollegen und den Chef kannte Kowalski niemanden. Jürgen hatte sich einen Platz nahe dem Pastor gesucht. Kowalski lauschte der Trauerrede.

„... wir haben uns versammelt, um Abschied zu nehmen. Abschied zu nehmen von einer besonderen Frau ...“

Kowalski bemerkte, wie sich Andrea lautstark in ein Tempo schnäuzte. Ihre Tränen konnte sie kaum zurückhalten.

„... durch die heilige Taufe werden wir in die Gemeinschaft der Gläubigen aufgenommen ...“

Kowalski hörte sich die Kurzfassung von Susis Biografie an, im Zeitraffer vom Baby zur erwachsenen Frau. Er erfuhr einiges über ihren Werdegang, ihre Vorlieben und all die Dinge, die sie ausgezeichnet hatten, aber nur wenig über den Menschen an sich. Der Prediger beließ es bei Oberflächlichkeiten. Aber sollte man ihm das verübeln? Er hatte Susi wahrscheinlich nicht persönlich gekannt und war von der Familie wohl nur unzureichend instruiert worden.

„ ... möge sie in Frieden ruhen."

Zu Kowalskis Überraschung trat nach dem Pastor ein weiterer Redner ans Grab: Es war – kaum zu glauben! – Michael.

Er trug einen Anzug, der sich deutlich von seiner üblichen, meist billig wirkenden Garderobe unterschied. Ein kostspielig wirkender Dress, der durch Michaels gekrümmte Haltung allerdings ebenso schlecht saß wie stets.

Michael räusperte sich und sprach Worte aus, die Kowalski ihm nie und nimmer zugetraut hätte:

„Widerstehe der Versuchung, sie wieder zurückrufen zu wollen. Denn es heilt nicht. Mit diesem Wunsch machst du dir das Herz nur schwerer." Michael blickte in die Runde. Dann setzte er in getragenen Worten fort: „Es darf nicht das Ziel sein, dass wir die Tote festhalten, sondern dass wir ihr nachgehen. Dass wir unseren Weg so gehen, dass er uns näher zu ihr hinführt. Dass wir uns mit unseren Gedanken zu ihr hindenken. Also schicke ich dir, liebe Susi, unsere besten Empfehlungen hinüber, in Liebe und Dankbarkeit und unsere Bereitschaft loszulassen. Wir schicken ein Gebet hinüber, für dich und für alle, die drüben sind ..."

So sprach er noch eine ganze Weile weiter, und Kowalski war mehr als verblüfft: beeindruckt schon eher

– und beschämt. Denn er hatte Michael für einen Tölpel gehalten. Für einen, der dem Alkohol zusprach und sonst nicht viel zu bieten hatte. Außer platten Sprüchen. Nun jedoch bewies er das Gegenteil! – Ein widersprüchlicher, unrunder Mensch, aus dem Kowalski wohl so bald nicht schlau werden würde.

Die Schwester der Toten – erkennbar an der frappierenden Ähnlichkeit zu Susi – war die erste, die eine Blume in das Grab warf. Gleich darauf wandte sie sich ab und eilte im Kreise einiger anderer, Kowalski unbekannter, Frauen schluchzend davon. Während die verbliebenen Trauernden am Grab stehen blieben, begannen Friedhofsmitarbeiter damit, die Grube mit Erde zu verfüllen.

Kowalski hielt nach Jürgen Ausschau und erwischte ihn gerade noch, ehe er mit den anderen Trauergästen fortgehen konnte:

„Jürgen, warte!", rief er.

Der groß gewachsene Niederlassungsleiter drehte sich nach ihm um. „Kowalski? Was gibt's?"

„Gehen wir zum Leichenschmaus?"

Jürgen winkte ab. „Nee. Das tue ich mir nicht an." Er deutete auf den Blumenschmuck rund ums Grab. „Von uns kommt der größte und teuerste Kranz. Damit haben wir unsere Schuldigkeit getan."

Er verdrängt seine Trauer, dachte Kowalski, doch stand es ihm nicht zu, Jürgen zu sagen, wie er sich zu verhalten hatte.

19

Für die Mineralien-Messe war es eindeutig zu spät, doch Kowalski fand es vernünftig, noch heute nach Hannover zu fahren, zu Hause bei Nele zu übernachten, um am Morgen frühzeitig zum Messegelände aufbrechen zu können.

Um einen kleinen Abstecher zur Pyrmonter Straße kam er allerdings nicht herum, denn es hatte sich einige Schmutzwäsche angesammelt, die er auflesen, in den Kofferraum werfen und später in Hannover in die Maschine stecken musste.

Als er mit einsetzender Dämmerung vor seinem schuhkartonähnlichen Appartementblock vorfuhr, war er in Gedanken längst bei Nele und freute sich darauf, ihr überraschtes Gesicht zu sehen. Denn sie würde ganz bestimmt nicht mit ihm rechnen.

Beschwingt rannte er die Treppe hinauf, drückte im ersten und noch einmal im zweiten Stock die Schalter für das Flurlicht, das nicht funktionierte. Oben angekommen holte er den Wohnungsschlüssel aus seiner Jacke und suchte im Dunkeln nach dem Türschloss.

Als er es nach mehreren Fehlversuchen fand, durchfuhr ihn ein Heidenschreck. Jemand stand hinter ihm! Sehr dicht hinter ihm! Er hörte schleichende Schritte, spürte warme Atemluft in seinem Nacken. Blitzschnell fuhr Kowalski herum.

Er starrte ins finstere Treppenhaus. Doch da war niemand.

Wie angewurzelt blieb er stehen und wartete, bis er sich an die Dunkelheit gewöhnt hatte. Aber noch immer war niemand zu sehen.

Augen, Ohren und Verstand gaben Entwarnung. Trotzdem blieb ein Unwohlsein zurück und er spürte, wie sich ihm die Nackenhaare aufstellten.

Kowalski hatte es nun eilig, seine Wohnungstür zu öffnen, und obwohl er nur kurz bleiben wollte, schloss er hinter sich ab. Er knipste die Deckenlampe an, schaute sich um: auch hier keine Menschenseele. Die Wohnung sah genauso aus, wie er sie am Morgen verlassen hatte. Er ging ins Bad, schnappte sich den Wäschekorb. Um keine liegengebliebene Socke oder Unterhose zu vergessen, ging er in sein Wohn- und Schlafzimmer und suchte den Boden ab. Anschließend schlug er die Decke seines Schlafsofas zurück – und erstarrte vor Schreck.

Auf seinem Kopfkissen lag, ordentlich in der Mitte platziert, ein Glückskeks. Kowalski glotzte das Gebäckstück an wie ein Alien. Mit zitternden Händen nahm er den Keks auf. Er hielt ihn dicht vor sein Gesicht, drehte und wendete ihn, zitterte. Dann überwand er sich, brach ihn in der Mitte durch. Neben vielen kleinen Krümeln fiel erwartungsgemäß ein gefalteter Zettel heraus und segelte kreiselnd zu Boden. Kowalski hob ihn auf und las:

„Wenn Du die Wahl hast zwischen dem Glück und dem Schmerz, warum wählst Du dann den Schmerz?"

Kowalski merkte, wie sich sein Pulsschlag beschleunigte. Sein Gefühl hatte ihn also doch nicht getäuscht: Es hatte sich jemand in seiner Wohnung aufgehalten!

Er wollte den Zettel einstecken, als ihm auffiel, dass diesmal auch die Rückseite beschriftet war. Voller Entsetzen las er: *„Wir wissen, wo Ihre Frau wohnt."*

Kalter Schweiß stand auf seiner Stirn, als er die Botschaft noch einmal las. Und dann erneut, wieder und wieder. Jeden einzelnen Buchstaben saugte er auf, als wollte er sie allein mit der Intensität seiner Blicke von dem Papier tilgen. Es half nichts: Er konnte die Botschaft so oft lesen, wie er wollte – die Aussage blieb die gleiche.

Nele war in Gefahr! Er musste sie warnen!

Über die eigenen Beine stolpernd rannte er zum Telefon, tippte hektisch die Kurzwahl ihrer Hannoverschen Nummer ein. Es tutete.

„Verdammt, geh ran!“, schrie er.

Wieder erklang das Rufzeichen, aber niemand nahm ab. Wo steckte sie bloß? Kowalski schaute auf seine Armbanduhr. Wahrscheinlich war Nele auf dem Rückweg von ihrer Arbeit beim Supermarkt vorbeigefahren. Oder beim Fitnessstudio. Er legte auf, versuchte es gleich darauf mit ihrer Handynummer. Abermals ohne Erfolg.

Schiere Panik stieg in ihm auf. Was konnte er tun? Die Polizei verständigen? Aber würde die wegen eines Glückskekses eine Vermisstensuche in die Wege leiten? Nie und nimmer! Also musste er selbst handeln. Er musste nach Hannover fahren. So schnell wie möglich!

Er schlug die Tür hinter sich ins Schloss, rannte die Treppe hinunter, weiter über die schmale Anwohnerstraße und auf den Garagenhof, wo er seinen Passat abgestellt hatte. In fiebriger Hektik fingerte er nach seinem Autoschlüssel, betätigte die Zentralverriegelung.

Gedanklich saß er bereits hinterm Steuer und trieb seinen VW über die Bundesstraße, als er durch das markante Geräusch quietschender Reifen mitten in der Bewegung gestoppt wurde. Er schaute auf, erkannte einen dunklen Wagen, der wenige Meter von ihm entfernt auf der Stichstraße angehalten hatte. Das Seitenfenster wurde heruntergelassen.

Hoffentlich war das niemand, der ihn nach dem Weg fragen wollte, dachte Kowalski genervt, denn er durfte keine Zeit verlieren.

Er beschloss, den anderen Wagen einfach zu ignorieren und sich in sein Auto zu setzen. Doch aus den Augenwinkeln sah er noch, wie der Fahrer etwas aus dem Wagenfenster hielt. Fast im gleichen Moment zerschnitt ein scharfer Knall die Luft. Instinktiv zog Kowalski den Kopf ein. Sogleich ertönte ein zweiter Schuss. Nun sah Kowalski auch das Mündungsfeuer, das auf Höhe des Fahrerfensters aufblitzte.

„Scheiße!", schrie Kowalski und schmiss sich flach auf den Boden. Schützend begrub er seinen Kopf unter seinen Händen.

Was ging hier vor? Ein Attentat auf ihn? Aber warum, zur Hölle? Eine irrsinnige Angst stieg in ihm auf. Er presste sein Gesicht ganz fest auf das kalte Steinpflaster und bangte um sein Leben. Hoffentlich, dachte er flehentlich, schießt er daneben!

Drei weitere Male knallte es ohrenbetörend. Dann gab der Fahrer Gas und trieb seinen Wagen im Rückwärtsgang aus der schmalen Straße.

Regungslos blieb Kowalski auf dem klammen Boden liegen. Das heißt: Regungslos war er keineswegs, denn er zitterte am ganzen Leib. Er fühlte sich außerstande, seinen Kopf zu heben, um nachzusehen, ob die Gefahr vorüber war. Denn der Schock versetzte ihn in eine Art Starre.

„Hey! Sie da!"

Der Ruf einer Frau. Eher besorgt als bedrohlich.

Kowalski strengte sich an, das Zittern zu unterdrücken und nach dem Ursprung des Rufs zu suchen. Doch er brachte es nicht fertig, sich aus seiner Schockstarre zu lösen.

„Hallo? Sind Sie das etwa? Herr Kowalski? – Warum liegen Sie auf der Erde? Sind Sie hingefallen?"

Nun erkannte Kowalski die Stimme. Es war die seiner Nachbarin aus dem zweiten Stock, einer fröhlichen Witwe, die vom Nachlass ihres Mannes lebte, viel Zeit hatte und daher gern mal aus dem Fenster schaute. Wie wohl auch jetzt.

„Polizei", nuschelte Kowalski, noch immer ohne sich vom Fleck zu rühren.

„Was sagen Sie? Ich kann Sie von hier oben nicht verstehen!"

„Polizei!", rief er nun lauter. „Rufen Sie die Polizei!"

20

Zwei Streifenwagen rollten dicht neben ihm aus, keine zwei Minuten, nachdem die Nachbarin zum Telefon gegriffen hatte. Kowalski, nach wie vor in Bodenlage, sah die Stiefel der Uniformierten auf sich zukommen.

„Sind Sie verletzt?", fragte einer der Polizisten.

Ein anderer erkundigte sich: „Können Sie aufstehen?"

Kowalski, dessen Puls noch immer raste, hörte die Fragen, aber es dauerte eine Weile, bis er sie beantworten konnte. Denn ihm war selbst nicht klar, ob er verletzt war. Ob ihn eine dieser Kugeln getroffen hatte und er sich deshalb nicht bewegen konnte. „Ich weiß es nicht", sagte er deshalb.

Einer der Polizisten ging vor ihm in die Knie; Kowalski erkannte die Bügelfalten seiner Hose dicht vor seinem Gesicht. „Blut ist nicht zu sehen", stellte der Beamte fest und fragte: „Was ist denn eigentlich passiert?"

„Man hat …" Kowalski verschluckte sich an seinem eigenen Speichel, als er zu hektisch zu reden begann. Er hustete. „Man hat auf mich geschossen."

„Geschossen? Hier auf dem Garagenhof?", fragte der Polizist vor ihm.

„Aber getroffen wurden Sie nicht", sagte der andere. „Es gibt kein Einschussloch."

„Sind Sie ganz sicher?", fragte Kowalski mit banger Stimme.

„Ja, man sieht absolut nichts", sagte der erste Polizist. „Jedenfalls nicht auf dem Rücken. Können Sie sich umdrehen, damit wir vorn nachsehen können?"

Kowalski, der sein Zittern allmählich in den Griff bekam, stützte sich vorsichtig mit den Händen ab. „Ich werde es versuchen", sagte er ächzend. Mit einer Anstrengung, die ihm vorkam wie zwanzig Liegestützen gleichzeitig, legte er sich zunächst auf die Seite, um sich dann sachte auf den Rücken rollen zu lassen.

Nun erblickte er sie vor beziehungsweise über sich: Vier Streifenpolizisten, drei Männer und eine Frau, umrundeten ihn, allesamt mit in die Hüften gestemmten Fäusten und kritisch prüfenden Mienen.

„Kein Blut. Auch vorne nicht", stellte die Frau fest. „Wir sollten vielleicht ..."

„Ja, ein Alkoholtest wäre wohl das Beste", führte der Älteste aus der Runde den Satz zu Ende.

„Und danach für den Rest der Nacht in die Ausnüchterungszelle."

„Was?", fragte Kowalski entsetzt. „Ich bin nicht betrunken! Ich wurde das Opfer einer Gewalttat!"

Die Polizistin grinste wissend, während ihr Kollege Kowalski unter die Arme griff und hochwuchtete. „Ja, ja, der böse Teufel Alkohol hat schon so manchem Gewalt angetan."

Kowalski schüttelte die helfenden Hände ab. „Unverschämt! So können Sie nicht mit mir umspringen! Ich verlange von Ihnen, dass Sie den Tatort sichern! Suchen Sie nach den Patronenhülsen, dann werden Sie feststellen, dass ich die Wahrheit sage!"

Die vier Streifenpolizisten, die sich durch Kowalskis energischen Ausbruch zu einer halbherzigen Suche bewegen ließen, holten Stabtaschenlampen aus ihren Fahrzeugen und leuchteten den Hof ab. Sie gingen ebenso koordiniert wie routiniert zu Werke, woraus Kowalski schließen konnte, dass sie nicht zum ersten Mal nach sehr kleinen Dingen Ausschau hielten und wussten, auf was dabei zu achten war. Einer der vier ging nach einer Weile dazu über, auch die umliegenden Mauern und die Garagentore in Augenschein zu nehmen.

Zehn Minuten später versammelten sich alle wieder bei Kowalski, der sich an den Kotflügel eines der Streifenwagen gelehnt hatte. Er merkte es ihren Gesichtern an, dass ihre Inspizierung erfolglos verlaufen war und ihre ursprüngliche Idee eines Alkoholtests wieder aufkeimte.

„Ich versichere Ihnen: Dieser fremde Mann hat auf mich geschossen!", ging Kowalski in die Offensive. „Holen Sie Ihre Kollegen von der Kripo! Die werden die Projektile sicher finden!" Ein Fehler, dachte er, kaum dass er ausgesprochen hatte.

Den vier Polizisten war anzusehen, dass sie das Gleiche dachten.

„Der Schütze", sagte der ältere Beamte mit eiskaltem Blick. „Wie soll der denn ausgesehen haben?"

„Wie er ausgesehen hat ... – also, Sie müssen wissen, dass er in einem Auto saß."

Kowalski merkte zu seinem eigenen Schrecken, dass er schon bei der ersten konkreten Nachfrage in Erklärungsnöte geriet. „Es war ja schon dunkel, und die Scheiben des Autos waren getönt."

„Zum Schießen muss der Mann die Fenster geöffnet haben", wandte die Polizistin ein.

„Ja, schon. Aber er hat sich nicht hinausgebeugt. Ich konnte sein Gesicht nicht erkennen."

„Sind Sie denn sicher, dass es ein Mann war? Nicht vielleicht eine Frau?", fragte der Polizistensenior.

„Nein, ganz sicher bin ich nicht. Ich habe nur gedacht, dass wahrscheinlich eher ein Mann mit einer Pistole umgehen kann und ..."

„ ... und Frauen lieber mit Messern oder Gift töten? Sie sollen keine großartigen Überlegungen anstellen, sondern uns schlicht und einfach sagen, was genau Sie gesehen haben! Wie sah denn das Fahrzeug aus? Fabrikat, Typ und Farbe?“

Kowalski schnürte sich der Hals zu. Er versuchte, sich die bruchstückhaften Szenen des Überfalls in Erinnerung zu rufen, doch die Bilder blieben schemenhaft und kaum greifbar.

„Es war ...– ein dunkler Wagen. Groß, aber kein SUV, eher ein Kombi ...“

„Eher ein Kombi?“ Der ältere Polizist baute sich direkt vor ihm auf. „Hören Sie mir gut zu, Sportsfreund, denn das, was ich jetzt sage, sage ich nur ein einziges Mal: Verarschen Sie uns nicht! Wir haben weiß Gott Wichtigeres zu tun, als mit Spinnern wie Ihnen unsere Zeit zu verplempern.“

„Ich bin kein Spinner!“, versicherte Kowalski. „Sie müssen mir glauben! Es gab einen Anschlag auf mein Leben!“

Die Polizisten steckten die Köpfe zusammen, tuschelten, blickten sich immer wieder zu Kowalski um. Schließlich verkündete der Senior das Ergebnis ihrer Beratungen: „Also gut“, sagte er und wirkte dabei abgekämpft wie einer, der es längst aufgegeben hatte, bis zum Ende gegen jeden Widerstand resistent zu bleiben. „Meine Kollegen meinen, man sollte Ihre Aussage zu Protokoll nehmen. Steigen Sie in den vorderen Streifenwagen, wir bringen Sie in die Inspektion, da können Sie mit einem Kollegen von der Kripo sprechen. Die andere Streife bleibt hier und hört sich bei den Nachbarn um. Für den Fall, dass sich Zeugen für das Attentat finden sollten.“

Das Wort Attentat hörte sich in Kowalskis Ohren so überbetont an, als handele es sich um den Witz des Monats.

„Soso", sagte der Beamte vom Dienst, die einsame Nachtschicht der Kripo, wie sich Kowalski zusammenreimte. „Versicherungsmann sind Sie also. So eine Art Herr Kaiser."

„Kowalski", stellte Kowalski richtig, der den Bezug auf die alte Fernsehreklamefigur nicht leiden konnte.

Man hatte ihn in die Hamelner Polizeiinspektion, die Wache in der Lohstraße, kutschiert.

Ein hässlicher Bau, ganz in grau. Hier saß er in einem ebenfalls tristen Zimmer, vor sich einen Plastikbecher mit kaltem Kaffee und kurz dahinter ein gelangweilt blickender Mann in schlecht sitzendem Anzug.

„Ich weiß, ich habe Ihren Ausweis ja vor mir liegen." Der Kripomann schürzte die Lippen. „Wie ist denn das so in Ihrer Branche? Wie lauten da die Spielregeln?"

„Ich verstehe nicht ..."

„Erzählen Sie ein bisschen von Ihrem Werdegang. Wie läuft das so? Braucht man ein Studium für Ihren Job?"

„Studium?" Kowalski wusste mit dieser Frage nichts anzufangen, antwortete aber trotzdem: „Ja und nein. Heute bringt fast jeder einen abgeschlossenen Hochschulabschluss mit, aber ich gehöre noch der alten Generation an, habe die Lehrausbildung zum Versicherungskaufmann durchlaufen, gefolgt von diversen Fachausbildungen. Eine klassische Innendienstkarriere."

„Und nun sind Sie was?"

„Momentan leite ich die Abteilung für Risikoprüfung bei der HVN in Hameln."

„Oho! Risikoprüfung. Das hört sich spannend an." Der müde Blick des Kripomanns wirkte allerdings nach wie vor alles andere als interessiert. „Sie sagten

‚momentan'. Heißt das, dass das eigentlich nicht Ihr richtiger Job ist?"

„Doch, doch. Nur gehöre ich normalerweise in die Zentrale nach Hannover. Ich habe dort Handlungsvollmacht und leite die Division Underwriting für Risikobewertungen für die Größenordnung über 2,5 Millionen Euro."

Der Polizist stieß einen Pfiff aus. „Donnerwetter! Ein richtig hohes Tier sind Sie! – Oder soll ich sagen: *waren* Sie? Denn Sie sind nicht freiwillig nach Hameln gekommen, oder?"

Kowalski ärgerte sich darüber, dass er dem Kripomann so viel von seinem Job preisgegeben und sich damit transparent gemacht hatte. Er sagte mit zusammengekniffenen Augen: „Ob freiwillig oder nicht, tut nichts zur Sache! Was hat das mit den Schüssen zu tun, die auf mich abgegeben wurden?"

Das Telefon, das zwischen ihnen auf dem Schreibtisch des Beamten stand, läutete. Der Kripomann ging dran. Er hörte zu, sagte dreimal Ja und legte den Hörer zurück auf die Gabel. Er seufzte. „Ich will Ihnen sagen, was Ihr Karriereknick mit den angeblichen Schüssen zu tun hat."

„Wieso angeblich?"

„Sie müssen sich früher oder später eingestehen, dass die Veränderungen in Ihrem Job Ihnen mehr zu schaffen gemacht haben, als Sie es wahrhaben wollen. Kennen Sie den Begriff Burn-out? Patienten dieser psychischen Erkrankung leiden mitunter an Wahnvorstellungen."

„Ich leide unter keinerlei Wahnvorstellungen!"

„Fest steht, dass am sogenannten Tatort weder Patronenhülsen noch Einschusslöcher gefunden wurden. Und eine Schießerei ohne Kugel ist keine Schießerei."

„Aber die Zeugen …", argumentierte Kowalski in der vagen Hoffnung, es hätte sich inzwischen etwas in dieser Richtung ergeben.

Der Kripomann zuckte die Schultern. „Keine Zeugen. Niemand aus Ihrem Appartementblock hat etwas Verdächtiges gehört, geschweige denn gesehen. Ich habe gerade den Anruf der Kollegen vor Ort entgegengenommen."

„Was ist mit der Nachbarin, die Sie alarmiert hat?"

„Ebenfalls Fehlanzeige. Sie erinnert sich zwar an das Geräusch quietschender Reifen, das sie veranlasste, ans Fenster zu gehen. Doch die Bundesstraße liegt ja in Sichtweite, die ist stark befahren, Motoren- und Reifengeräusche nichts Ungewöhnliches …"

Verflixt, so ein Dreck! Kowalski fluchte still in sich hinein. Man glaubte ihm nicht. Keiner nahm ihn hier ernst!

„Bevor Sie gehen", leitete der Beamte das Ende ihres Gesprächs ein. „Ich habe Ihren Namen in Zusammenhang mit einer anderen Aktensache gelesen. Der Fall Ihrer Kollegin Susanne Soltau."

Kowalski horchte auf. Susi? „Gibt es etwas Neues?"

Der Kripomann lächelte jovial. „Ich denke, es wird Sie interessieren, dass meine Kollegen vom FK 1 in Nienburg, also vom zuständigen Fachkommissariat für Gewaltdelikte, die Ermittlungen einstellen."

Kowalskis Kinnlade klappte herunter. Einstellen? Weshalb? Waren die näheren Umstände des Unfalls etwa schon geklärt? Schied die Möglichkeit eines Mordes aus? „Erzählen Sie! Bitte!"

„Da gibt es nicht viel zu erzählen. Es konnte kein Hinweis auf Fremdverschulden festgestellt werden. Ihre Kollegin hatte einfach nur Pech gehabt. Zur falschen Zeit am falschen Ort."

Aufgewühlt verließ Kowalski die Wache. Während er noch überlegte, wie er zurück nach Hause kommen würde, ob zu Fuß oder mit einem Taxi, fiel ihm siedend heiß seine Frau ein. Nele!

Über die ganze Aufregung des Abends hinweg hatte er sie völlig vergessen. Und auch die Gefahr, in der sie schwebte! Das schlechte Gewissen packte ihn mit der Kraft eines Orkantiefs der Stärke zwölf.

Auf dem Absatz machte er kehrt, rannte zurück in die Polizeiinspektion. Er hämmerte mit beiden Fäusten gegen die Panzerglasscheibe, hinter der sich der eingeschüchterte Pförtner verbarg.

„Geben Sie mir Ihr Telefon!", bellte Kowalski. „Schnell!"

Der Pförtner reichte es ihm durch eine Klappe. Kowalski tippte mit vor Aufregung zitternden Fingern die vertraute Nummer ein.

Wenig später hörte er die ebenso vertraute Stimme seiner Frau: Sie freute sich, ihn zu hören und erkundigte sich danach, ob er einen schönen Tag gehabt hatte.

„Ich? Was? Wieso ich? Das ist doch völlig egal! Es geht nicht um mich, sondern um dich! Wo warst du? Wo hast du den ganzen Abend gesteckt?"

Sie habe sich bei einer Freundin verquatscht, antwortete sie arglos.

Kowalski atmete mehrmals tief ein und wieder aus, bevor er die Kraft und Ruhe fand, Nele sämtliche Ereignisse der letzten Stunden ausführlich zu schildern. Am Ende nahm er ihr das gleiche Versprechen ab, das er ihr vor gar nicht langer Zeit selbst geben musste: nämlich in der nächsten Zeit besonders gut auf sich achtzugeben. Denn er selbst würde dies heute nicht mehr leisten können. Er sei froh, wenn er es noch bis zurück in die Pyrmonter Straße schaffte. „Ich bin … – puh! – völlig erledigt!“

21

Eine kleine Erleuchtung kam ihm im Morgengrauen. Wie üblich war er schon halb wach, als sein Wecker um sechs Uhr dreißig summte, denn der einsetzende Schwerlastverkehr auf der nahen Bundesstraße beendete seine Träume meist schon gegen fünf.

Er schlug die Decke zurück, richtete sich auf und griff zum Telefon. Er begann eine Nummer einzugeben, hielt kurz inne, als ihm in den Sinn kam, dass es vielleicht etwas früh dafür sein könnte, eine Kollegin anzurufen, überwand seine Gewissenbisse aber schnell und tippte die noch fehlenden Zahlen ein.

„Ja, hallo?", meldete sich eine verschlafen klingende Andrea.

„Kowalski am Apparat. Ich hoffe, ich habe dich nicht geweckt."

„Nein, nein, ich habe schon einen Jasmintee getrunken und wollte gerade mit meinen Yogaübungen anfangen."

Aha, dachte Kowalski, ihr fernöstlicher Trip war noch nicht verflogen. „Weswegen ich anrufe: Mir ist da so eine Idee gekommen. Sozusagen im Schlaf zugeflogen."

„Ja? Was denn für eine Idee?"

„Du hast mal beiläufig erwähnt, dass du die Blumen bei Susanne gegossen hast, wenn sie mal weg war, im Urlaub oder so."

„Das stimmt", antwortete Andrea und klang traurig. „Das muss ich künftig ja nicht mehr tun."

„Worauf ich hinaus will: Hast du noch den Schlüssel?"

„Den Schlüssel? Du meinst den zu Susannes Wohnung in Salzhemmendorf?"

„Genau den!"

„Ja, aber ich denke nicht, dass ..."

„Bitte überlass das Denken ausnahmsweise mal mir. Ich möchte dich darum bitten, noch ein letztes Mal Susannes Blumen zu gießen."

„Aber wozu? Es wird sich schon irgendein naher Verwandter finden, der ihren Hausrat mitsamt der Blumen übernimmt."

Kowalski wunderte sich ein wenig darüber, dass seine Kollegin so schwer von Begriff war und wurde deutlicher: „Wenn du dich um die Pflanzen gekümmert hast, könnte es nicht schaden, ein wenig in der Wohnung zu stöbern."

„Ach ... – so läuft der Hase!"

„Ja. Ich kann einfach nicht daran glauben, dass es nur an einem dummen Zufall gelegen haben soll, der Susanne im Steinbruch das Leben gekostet hat. Vielleicht war sie bei ihren Recherchen auf etwas gestoßen. Jedenfalls kann es nicht schaden, wenn du dich in ihrer Bude ein wenig umsiehst."

„Warum erledigst du das nicht selbst?", fragte Andrea und klang aufrührerisch.

„Weil ich einen wichtigen Termin in Hannover wahrnehmen muss", stellte Kowalski klar und kehrte damit den Vorgesetzten raus. „Ich erwarte deinen Bericht heute Nachmittag im Büro." Er legte auf.

Das Messegelände in Hannover war riesig, die Dimensionen erschlugen Kowalski jedes Mal aufs Neue, wenn er hier zu tun hatte. Was zugegebenermaßen selten vorkam. Ab und zu war er zu Gast auf der Computermesse CeBIT gewesen, auch die Weltausstellung

EXPO 2000 hatte er sich seinerzeit nicht entgehen lassen und ganz selten stand die große Industriemesse in seinem Terminkalender. Trotz der Weitläufigkeit des Areals schafften es die Organisatoren stets, die Besucherströme gezielt zu führen. Auch Kowalski fand auf Anhieb die Messehalle, die die Aussteller der Mineralientage beherbergte.

Seine Armbanduhr zeigte nicht mal zehn Uhr an, also kurz nach Messebeginn, dennoch schoben sich die Besucher schon jetzt dicht an dicht durch die Gassen. Allesamt Fossilienfanatiker, denen eine Unzahl von Händlern ihre Steine und versteinerten Überreste und Abdrücke jener Kreaturen anboten, die irgendwann unseren Planeten bevölkert hatten. Kowalski ließ sich mit dem Strom treiben, schaute sich zunächst noch mehr oder weniger ziellos um und schnappte alles auf, was er an Gesprächsfetzen mitbekam. Gefachsimpelt wurde in Norddeutsch, Schwäbisch, Fränkisch, Japanisch, Englisch und Arabisch.

Seltsame Leute waren das, die die Hallen bevölkerten: Die meisten Gesichter, in die Kowalski blickte, wirkten unbewegt, beinahe wie selbst versteinert, als würde sich diese ganz besondere Klientel vollends mit den Objekten ihres Interesses identifizieren. Die Ernsthaftigkeit, mit der die Messegäste von Stand zu Stand pilgerten, erhob den ganzen Auftrieb in den Rang einer bedeutenden Veranstaltung, doch konnte sich Kowalski des Eindrucks nicht erwehren, sich auf einer Art Rummelplatz aufzuhalten. Die Ausstellungsstücke in diesem Bereich genossen nach seinem Empfinden keinen höheren Stellenwert als die Preise von Kirmes-Losbuden.

Für ein paar Euro konnte man sich Ammoniten kaufen oder auch Koprolithen, wie Kowalski amüsiert zur Kenntnis nahm, als er eine erläuternde Begleitschrift las: Es handelte sich um den versteinerten Kot von Urzeittieren. Kowalski musste beiseitetreten, als jemand das Skelett eines Raubtiers mit messerscharfen Zähnen an ihm vorbeischob.

Er wechselte den Gang und näherte sich den hochwertigeren Sammlerstücken. Hier wurde ihm erstmals klar, weshalb die Messebesucher so verbissene Mienen zogen – denn die Preise waren mehr als gesalzen! Der Zahn eines Tyrannosaurus nebst Echtheitszertifikat sollte fünftausend Euro kosten. Zerbrechlich wirkende Skelette von Flugechsen schlugen mit hunderttausend Euro und mehr zu Buche.

An der nächsten Wegbiegung steckte Kowalski ein paar Münzen in einen Automaten und zog sich einen Kaffee Creme. Mit dem Plastikbecher in der Hand gesellte er sich zu einer Gruppe Männer (Frauen hatten bei dieser Messe Seltenheitswert), die in lockerer Runde an Bistrotischen standen und sich ihre meist bescheidenen Einkäufe zeigten. Kowalski heuchelte Interesse, um mit den Männern ins Gespräch zu kommen. Nach kurzem Smalltalk brachte er die Fragen an, die ihn wirklich interessierten:

„Hier gibt es ja zu jedem Stück eine Urkunde oder Belege mit Stempeln und Wappen. Ist das wirklich eine Garantie dafür, dass man legale Ware einkauft?“

Zwei der Männer, die am nächsten bei ihm standen, schauten ihn zunächst verblüfft, dann bereitwillig an. „Jo“, sagte der eine, „davon können Sie ausgehen. Zumindest hier bei den Mineralientagen. Kein Händler würde seine Standlizenz damit aufs Spiel setzen, Fälschungen oder gar Hehlerware unters Volk zu bringen.“ Der andere Mann nickte heftig: „Sehe ich genauso. Auf so was reagiert die Messeleitung empfindlich. Und die Kunden erst recht.“

Kowalski nahm dies zur Kenntnis und schloss die nächste Bemerkung an: „Erstaunlich, wie viele ausländische Interessenten unterwegs sind. Als ob es bei denen zu Hause nicht auch Saurierknochen zu kaufen gäbe."

„Die Minerialientage haben eben einen guten Ruf", meinte einer der Männer. „Das spricht sich rum bis zu den Nachbarn."

„Sogar bis nach Fernost", fügte der andere hinzu und ließ Kowalski aufhorchen.

„Stimmt, ich habe schon eine Gruppe Japaner gesehen", sagte er und zügelte seine Ungeduld.

Sein Gegenüber verzog belustigt den Mund. „Nicht nur die Japsen kommen hierher, inzwischen auch die Koreaner, Taiwanesen ..."

„Und sogar die Chinesen", ergänzte der andere.

„Chinesen?", hakte Kowalski übereilt nach und erregte damit das Misstrauen seiner beiden Gesprächspartner. Etwas weniger euphorisch fügte er hinzu: „Wundert mich, dass die neben ihrem ganzen Wirtschaftsboom Zeit dafür finden, sich um Fossilien zu kümmern."

„Irgendwie müssen die ihr vieles Geld ja unters Volk bringen", meinte sein Gegenüber.

Sein Nachbar nickte: „In Zeiten von Krisenangst und niedrigen Zinsen suchen die Superreichen nach neuen Anlageformen für ihr Kapital."

Der Argwohn schwand nun auch aus den Gesichtern der anderen und Kowalski erfuhr, dass es eine spezielle Anlaufstelle für asiatische Kundschaft, speziell die neuen Gäste aus China, gebe: den Stand von Tommy Schröder, Gang fünf, Parzelle C.

Tommy Schröders Stand hatte einen privilegierten Platz gegenüber dem sogenannten Fossilienpark, aufwendig angelegt mit plätschernden Teichen und viel Pflanzengrün. In mehreren perfekt ausgeleuchteten Schauvitrinen hatte Schröder Urvögelmodelle, Skelettabdrücke und einzelne Knochenpartikel ausgestellt, an denen die Besucher ehrfürchtig staunend vorbeizogen wie Pilger in Santiago de Compostela an den Gebeinen des heiligen Apostels.

Kowalski löste sich aus der Schlange der Schaulustigen und betrat den Stand, der mit einer gekonnt in Szene gesetzten, mindestens zwei Meter hohen Platte mit urzeitlichen Seelilien aufwartete und weiter hinten sogar Teile eines Stegosaurier-Skeletts als Blickfang bot.

„Einer meiner bedeutendsten Funde", wurde Kowalski von einem hoch gewachsenen Mann in korrekt sitzendem Anzug und mit einem Seidentuch im Hemdkragen angesprochen. „Er lag verkeilt neben einem Raubsaurier, einem Allosaurus, womit bewiesen wäre, dass die beiden zur gleichen Zeit am gleichen Ort gelebt haben."

Kowalski, der den Namen Schröder am chromglänzenden Namensschild des selbstgefällig auftretenden Mannes ablas, stellte sich kurzerhand als Vertreter eines finanziell außerordentlich potenten chinesischen Sammlers vor: „Mir wurde gesagt, dass Sie der geeignete Kontakt für meinen Klienten sind."

Die Augen des Händlers blitzten in Aussicht auf ein lukratives Geschäft auf. „Fossilien erzählen Geschichten. Man muss sie nur lesen können. Meine Kundschaft aus dem Fernen Osten versteht sich meisterlich darauf." Dann seufzte er theatralisch. „Leider nur ist das Angebot nicht so optimal, wie ich mir das wünsche. Der Nachschub stockt vor allem bei den hochwertigen Exponaten und kommt mit der ständig wachsenden Nachfrage kaum mit. Die Einkaufspreise haben sich binnen zwei Jahren mehr als verdoppelt."

Kowalski gaukelte gleichwohl höchstes Interesse am Kauf eines wertigen Exponates vor und schaffte es, von Schröder in eine Art Separee für vertrauliche Kundengespräche geführt zu werden. Eine Assistentin von unverkennbar fernöstlicher Herkunft reichte ihm eine Tasse Tee.

„Sie haben sich sicherlich bereits über mich informiert", sagte Schröder mit dem unverbindlich seriösen Lächeln eines Finanzberaters der Sparkasse. „Bei mir können Sie T-Rex-Zähne für zweitausend bis fünftausend Euro kaufen. Das ist teurer als anderswo, aber mein Name gilt als Gütesiegel." Kaum ausgesprochen, beförderte er einen Schädel von den Ausmaßen einer Wassermelone aus einer mit Sägespänen ausgepolsterten Holzkiste, die neben dem Tisch stand. Schröder legte den Riesenkopf zwischen ihnen auf die Tischplatte. „Der Schädel eines Pflanzenfressers, zu fünfunddreißig Prozent echte fossile Substanz, der Rest ist Kunststoff. Aber die fünfunddreißig Prozent sind die, auf die es ankommt: Oberkiefer, Unterkiefer, Zähne. Bei meinen Mitbewerbern ist das Verhältnis oft umgekehrt."

„Sehr überzeugend", sagte Kowalski. „Mein Kunde ist allerdings eher an versteinerten Spuren interessiert, an Trittsiegeln."

Während Schröder einen Katalog mit Beständen aus seinem Lager ausbreitete und mit vielen Worten seine unangefochtene Marktführerschaft für Fossilienexporte nach China untermauerte, schlürfte Kowalski geräuschvoll aus seiner Tasse. Er unterbrach Schröder nur mit wenigen indifferenten Fragen, um sich nur ja nicht als blutiger Laie zu enttarnen, und wartete auf eine Gelegenheit, seine eigentlichen Absichten zur Sprache bringen zu können.

Doch Schröder kam von selbst auf das Thema, als er sich mit gesenktem Ton erkundigte: „Wenn ich fragen darf: Wie heißt denn Ihr Klient?“

Kowalski erkannte seine Chance und druckste umständlich herum. Er machte vage Andeutungen, ohne konkret zu werden. Einen Namen nannte er nicht.

„Ich habe vollstes Verständnis für Ihr Bemühen um Diskretion. Die meisten meiner Kunden handeln über Mittelsmänner.“

Er lächelte und raunte vertraulich: „Im Grunde genommen wäre dies nicht nötig. Ich sehe absolut nichts Unethisches darin, solche exklusiven Fundstücke an Privatsammler zu verkaufen. Schließlich würden die meisten Fossilien womöglich gar nicht entdeckt, wenn es nicht ein kommerzielles Interesse daran gäbe. Museen fehlt ja oft das Geld für die Grabungen.“ Lauter und voller Selbstbewusstsein fügte er hinzu: „Der Markt braucht Händler, zumindest die guten wie mich! Wir schaffen Werte, von denen alle Beteiligten profitieren.“ Mit verschmitztem Lächeln erkundigte er sich: „Ihr Auftraggeber stammt also aus China, habe ich das richtig verstanden?“

Kowalski nickte kaum merklich.

Schröder stimmte in sein Nicken ein, mit dem Ausdruck einer Ahnung im Gesicht. Er führte einen silbernen Füllhalter an seine schmalen Lippen und sagte sehr leise: „Ich kann mir denken, weshalb Sie so beharrlich verschwiegen sind. Ich habe schon von diesem neuen Kunden und seinem exklusiven Geschmack gehört. Korrigieren Sie mich bitte, wenn ich unrecht habe. Ist es zutreffend, dass sich Ihr Klient Dr. Fu Man Chu nennt?“

„Kowalski", meldete er sich, als er sein Handy nach geschätzt zehn Mal Klingeln aus seiner Hemdtasche genahm, die eine Hand am Steuer und noch völlig in Gedanken über seine in Hannover gesammelten Erkenntnisse. Die Tachonadel zeigte auf hundert, als er auf dem direkten Weg zu seinem eigentlichen Zuhause in Hannover fuhr, um gemeinsam mit Nele mittagzuessen.

„Ich bin's, Andrea."

„Was gibt's?", fragte Kowalski, der ungern während der Fahrt telefonierte und Freisprechanlagen wegen ihrer Unzuverlässigkeit nicht ausstehen konnte.

„Ich habe die Blumen gegossen, wie befohlen."

„Blumen? Was? – Ach so, ja, und? Etwas gefunden?"

„Das kann man wohl sagen. Susanne hat ihre Wohnung in einem ziemlichen Durcheinander hinterlassen. Ordnung zählte ja nicht gerade zu ihren Stärken. Ich habe eine ganze Weile gebraucht, bis ich darauf gestoßen bin."

„Auf was?", fragte Kowalski und setzte zum Überholen eines Lastwagens an.

„Auf ihr Tagebuch."

Kowalski brach den Überholvorgang ab. „Ein Tagebuch? Hast du schon einen Blick hineinwerfen können?"

„Aber sicher!"

„Und? Steht etwas Interessantes drin?"

„Ja. Ich muss zugeben, dass du den richtigen Riecher gehabt hast. Susanne war auf einer heißen Spur. Auf einer verdammt heißen sogar."

„Bingo!", freute sich Kowalski. „Erzähl mir Einzelheiten!" Er setzte den Blinker und bog auf einen Rastplatz ab.

„Geht nicht. Mein Akku ist fast leer. Ich bin auf dem direkten Weg zurück ins Büro. Treffen wir uns da in einer halben Stunde? Dann kannst du dir die Eintragungen im Tagebuch selbst durchlesen. Unseren Chef wird's vom Stuhl hauen! Ich bin schon gespannt auf Jürgens Gesicht."

Kowalski dachte an das geplante Mittagessen mit Nele, dann an die Dringlichkeit seines Falls und entschied: „Okay. Ich mache mich gleich auf den Weg. Aber sag wenigstens schon mal, ob sich meine Ahnung bestätigt hat: Ist Susanne auf etwas Wesentliches gestoßen, kurz vor ihrem Tod?"

Ehe Andrea antworten konnte, war die Verbindung unterbrochen.

22

Kowalski hatte den schmerzlichen Anruf bei seiner Frau und die weitere Absage eines Treffens mit ihr bereits hinter sich gebracht, als er abgehetzt im Büro eintraf. Im Gegensatz zu ihm selbst machten Michael und Jürgen einen ruhigen, fast unbekümmerten Eindruck. Business as usual, stellte Kowalski verwundert fest und fragte:

„Ist Andrea noch nicht zurück?"

Jürgen nahm seine Beine vom Schreibtisch, stellte eine Schale voller Salat mit Mozzarellasticks beiseite und meinte: „Nein. Ich habe keine Ahnung, wo sie sich überhaupt herumtreibt. Aus ihrem Terminplaner geht es jedenfalls nicht hervor." Er schubste ein verirrtes Salatblatt von seiner Hose. „Bin auch gerade erst vor fünf Minuten gekommen, habe ein voll besetztes Büro erwartet. Aber Michael war der letzte Mohikaner, weit und breit keine Unterstützung für ihn in Sicht."

„Seit Andrea auf dem Schlitzaugentrip ist, macht sie, was sie will", gab Michael seinen Senf dazu, unterließ es aber, einen ähnlichen Spruch gegen Kowalski abzufeuern.

Dieser hätte dieses Rätsel leicht lösen können, hatte aber nicht die Muße für großartige Erklärungen. „Hat sie denn wenigstens mal angerufen?", wollte er wissen und griff selbst zum Telefonhörer. Dann fiel ihm ein, dass Andreas Handyakku leer war und legte den Hörer zurück auf die Gabel.

Wo konnte Andrea stecken? Im Stau? Auf der Landstraße wohl kaum. Kowalski beschlich ein ganz seltsames Gefühl, eine innere Unruhe, die ihn zum sofortigen Handeln zwang. „Muss nochmal los", nuschelte er und verließ fluchtartig das Büro.

Keine zwei Minuten später saß er wieder in seinem Passat und trat aufs Gaspedal. Wie ein Berserker pflügte er durch den dichten Stadtverkehr und nahm das wütende Hupen anderer Autofahrer grummelnd in Kauf. Bald ließ er die Hamelner Außenbezirke hinter sich. Die Kulisse, die an ihm vorbeirauschte, wandelte sich ins Ländliche. Felder und Wäldchen wechselten sich mit Alleebäumen ab, ab und zu tauchte ein Hof oder landwirtschaftliches Anwesen in der Ferne auf.

Aber dafür hatte Kowalski kaum einen Blick übrig. Er fokussierte sich einzig und allein auf die Straße vor ihm, unternahm waghalsige Überholmanöver und trieb seinen Wagen zielstrebig voran in Richtung von Susannes Wohnung.

Er ahnte mehr als zu wissen, dass er schon vor Ankunft an seinem Ziel auf Andrea stoßen würde. Diese Vermutung bestätigte sich, als er nach einer leichten Kurve unweit des Ortseingangs von Salzhemmendorf eine Reihe von Rettungsfahrzeugen erkannte. Er bremste stark ab und näherte sich langsam den Polizei-, Feuerwehr- und Rotkreuzwagen, deren Blaulichter unentwegt blitzten und blinkten.

Ein Polizist in Warnweste wollte ihn mit seiner Kelle vorbeiwinken, doch Kowalski folgte seiner Aufforderung nicht, sondern steuerte seinen Passat an den Straßenrand.

„Sie können hier nicht stehenbleiben!", rief ihm der Polizist zu, kaum dass er ausgestiegen war.

„Presse!", log Kowalski, woraufhin sich der Polizist wieder um die Verkehrsregelung kümmerte. Mit weichen Knien und bösen Mutmaßungen ging Kowalski auf eine Menschentraube zu, die sich um ein Wrack im Straßengraben gesammelt hatte. Er kannte den völlig zerbeulten, quietschgelben Renault - er gehörte Andrea.

Als er noch näher kam, konnte er beobachten, wie sich zwei Rettungssanitäter bemühten, den schwer in Mitleidenschaft gezogenen Körper seiner Kollegin aus dem Wagen zu ziehen. Zuvor hatte die Feuerwehr einen Zugang ins Blech schneiden müssen, darauf deuteten die abgetrennten Einzelteile der Karosserie hin.

Erschüttert hielt sich Kowalski die Hand vor den Mund, als er die vielen Wunden auf Andreas Armen und Beinen sah. Ihre Kleidung war zerrissen und blutüberströmt. Auch ihr Gesicht bot ein grauenhaftes Bild: Ein Auge war gänzlich zugeschwollen und blau umrändert, das andere blutunterlaufen. In ihrer rechten Wange klaffte ein Loch, auf der Stirn mehrere tiefe Schnitte.

Die Sanitäter betteten Andreas geschundenen Körper vorsichtig auf eine Trage und machten sich daran, eine Kanüle für den Tropf in ihren Arm zu stechen. Kowalski überwand seinen Schrecken und ging neben Andrea in die Knie. Die Retter waren so beschäftigt, dass sie ihn gewähren ließen.

Andrea wandte ihm ihr offenes Auge zu und machte Anstalten, ihm etwas mitzuteilen. Da Kowalski nichts verstand, beugte er sich tief über sie.

„Ta … Taaa … - das Tagb …“, wisperte sie.

„Das Tagebuch?“, fragte Kowalski. „Ist es noch im Wagen?“

Andrea deutete ein Nicken an, vielleicht aber bildete sich Kowalski das nur ein. Im nächsten Moment wurde er beiseitegestoßen. Der Notarzt verschaffte sich an seiner Stelle Platz und setzte Andrea eine Sauerstoffmaske aufs Gesicht. Gleich darauf hoben die Sanitäter die Trage an und brachten Andrea zum bereitstehenden Krankentransporter.

Kowalski nutzte den Moment, in dem sich alles auf die Verletzte konzentrierte, um das Autowrack in Augenschein zu nehmen: Er ließ sich in den Graben hinabgleiten und versuchte, sich einen Überblick im Innenraum zu verschaffen. Was nicht einfach war, denn es glich einem Trümmerfeld.

Immerhin: Da Andrea offenbar ein ordnungsliebender Mensch war, hatte sie nur wenige Dinge in ihrem Wagen mitgeführt. Kowalski erkannte den Inhalt des aufgesprungenen Handschuhfachs: ein Stadtplan, Eiskratzer, Werkstattservicebuch und ein Tuch zum Reinigen der Scheibe. Er drückte einen inzwischen erschlafften Airbag beiseite und tastete die nicht einsehbaren Ecken und Winkel ab.

An einer Schnur oder einem Gurt blieb er hängen, zog daran und erkannte den Träger einer Handtasche. Kowalski zog sie zu sich heran, presste sie fest an sich und verließ eilig den Graben.

Ihm gelang es, sich mit seiner Beute vom Unfallort zu entfernen und in seinen Wagen zu steigen. Gerade wollte er sich die Tasche vornehmen und ihr Inneres durchwühlen, als jemand an die Scheibe des Seitenfensters klopfte: der Polizist!

Kowalski fühlte sich ertappt und erstarrte zur Salzsäule. Erst als der Beamte noch einmal anklopfte, reagierte er, legte die Handtasche beiseite und ließ das Fenster herunter.

„Ja, äh, bitte?“, fragte er mit hochrotem Kopf.

Der Polizist beugte sich zu ihm herunter, tippte sich an den Schirm seiner Mütze und fragte zu Kowalskis größter Überraschung: „Wann und wo erscheint's denn?"

„Äh … - wie bitte?", fragte er irritiert.

„Für welche Zeitung Sie schreiben, würde ich gern wissen. Und wann der Artikel über den Unfall gedruckt wird", erklärte der Beamte.

„Ach, der Artikel", stammelte Kowalski und log abermals: „Wahrscheinlich morgen in der Dewezet. Spätestens übermorgen. Im Landkreisteil."

Der Polizist bedankte sich höflich und hielt sogar den nachfolgenden Verkehr für ihn an, als Kowalski den Motor startete, um auszuscheren.

Keine zwei Kilometer entfernt fuhr Kowalski erneut an den Straßenrand. In fiebriger Ungeduld klappte er das Täschchen auf und schüttete den Inhalt auf den Beifahrersitz. Allerlein Kleinkram purzelte heraus, darunter wenig spektakuläre Gebrauchsgegenstände wie Lippenstift, Schminkspiegel, Tempotaschentücher, Kajalstift, Geldbörse und sogar ein Paar chinesische Essstäbchen. Auch ein Büchlein kam zum Vorschein. Kowalski griff sofort zu und blätterte es hastig durch. Zu seiner Enttäuschung beschränkten sich die Einträge auf Orts- und Straßennamen sowie Telefonnummern. Es handelte sich wohl um Andreas Adressbuch.

Vom erhofften Tagebuch fehlte indes jede Spur.

Bass erstaunt sahen Jürgen und Michael ihn an.

„Um Himmels willen!", rief Jürgen und sprang von seinem Bürostuhl auf. „Was ist denn mit dir passiert?"

Erst jetzt registrierte Kowalski, dass er sich bei seiner Krabbelei im Straßengraben Hose und Jacke eingesaut hatte. Auch seine Hände starrten vor Dreck.

Kowalski ließ sich auf seinen Stuhl fallen, erschöpft, ausgelaugt und ergriffen von dem, was er hinter sich hatte. Nur mühsam konnte er sich dazu überwinden, den beiden Kollegen Bericht zu erstatten. Als er es hinter sich hatte, sah er sich zwei entgeisterten Gesichtern gegenüber.

„Was für eine Katastrophe", murmelte Michael, der offenbar kaum glauben konnte, was er soeben gehört hatte.

„Katastrophe ist milde ausgedrückt", kommentierte Jürgen. Sein breites, teigiges Gesicht war blass wie ein Blatt Papier. „Wenn das so weitergeht, kann ich das Büro wegen Personalmangels zusperren."

„Du solltest dich nach einer Vertretung umsehen", bestätigte Kowalski. „So, wie Andrea aussah, kann es eine ganze Weile dauern, bis sie wieder auf dem Damm ist."

„Hauptsache, sie stirbt nicht", warf Michael mit einem seltenen Anflug von Mitgefühl ein. Kowalski musste diesen Eindruck allerdings sogleich revidieren, als Michael hinzufügte: „Sie ist nämlich auch bei uns versichert - allmählich wird's teuer."

Kowalski, der diesen Spruch voll daneben fand, raffte sich auf. Er konnte jetzt unmöglich zur Tagesordnung übergehen, sondern musste etwas tun. Irgendwas! Von seinem Chef und dem beschränkten Kollegen konnte er keine Unterstützung erwarten. Die beiden hatten viel zu lange im eigenen Saft geschmort, tagein, tagaus bloß die Routine des Alltags im Versicherungsbüro, sie hatten sich zu ebenso stumpfsinnigen wie emotionslosen Bürokraten entwickelt, bar jeder Gefühlsregung angesichts des lebensgefährlichen Unfalls eines nahestehenden Menschen.

In diesem Moment kotzte Kowalski die norddeutsche Gleichmütigkeit und das stoische Beharren auf den Phlegmatismus der beiden anderen an! Kowalski wusste, dass er kurz vor einem Ausbruch stand. Einem Wutausbruch, bestenfalls. Womöglich käme es noch schlimmer. Das musste er verhindern und seinen Dampf woanders ablassen. Er würde ihn in Energie umwandeln, in Schaffenskraft, in aktives Handeln, anstatt es den anderen gleichzutun und kostbare Zeit damit zu vergeuden, weiter die Aktenlage zu sondieren.

„Wo willst du denn nun wieder hin?", fragte Jürgen, als Kowalski seine Jacke wieder zuknöpfte.

„Ich schau noch mal bei diesem Akupunkturstudio vorbei", entschied er aus dem Stehgreif.

„Wieso? Hast du dir mal wieder die Zehen verknackst?", fragte Michael mit beißendem Spott. Oder war er tatsächlich so simpel gestrickt, dass er eine solch kindische Frage stellte?

Kowalski wäre am liebsten ohne ein weiteres Wort der Erklärung gegangen, schaffte es aber, seinen Abgang frei jeder Beleidigung zu erklären: „Nein. Aber ich stoße in diesem Fall auf Schritt und Tritt auf diese Chinaspur. Vielleicht kann mich Ai Fang Wang über die chinesische Szene in Deutschland aufklären, vor allem über das Interesse ihrer Landsleute an Fossilien und Versteinerungen."

„Na denn: Glück auf!", rief ihm Michael hinterher. „Und lass dir nicht wieder einen Keks andrehen!"

Diesmal schien Kowalski, der sich im kleinen Bad des Büros frisch gemacht und die Spuren seines Aufenthalts am Unfallort so gut es ging beseitigt hatte, wirklich Fortuna auf seiner Seite zu haben: Im Gegensatz zum letzten Mal, als Andrea das Gesundheitsstudio in der Wendenstraße besuchen wollte und vor verschlossener Tür gestanden hatte, fand Kowalski den Laden hell erleuchtet vor.

Er trat ein, wobei das Öffnen der Tür ein angenehm helles Klingeln auslöste. Nur kurz hielt er sich in dem lindgrün gestrichenen Vorzimmer der Praxisräume auf, als ihm schon jemand entgegentrat und ebenso freundlich wie zuvorkommend ansprach: „Guten Tag, der Herr. Was kann ich für Sie tun?" Eine Dame etwa in seinem Alter, gekleidet in fernöstlich anmutendem lachsfarbenen Seidenkostüm, blickte ihn in Erwartung eines neuen Kunden aufmerksam an. Obwohl sie sich sowohl mit ihrer Frisur als auch kosmetisch asiatischen Gepflogenheiten angepasst hatte, stammte sie eindeutig aus Zentraleuropa, ihrer Stimme und Betonung nach zu urteilen wohl sogar aus dem Weserbergland.

„Ich würde gern ein paar Worte mit einer Kollegin von Ihnen wechseln", erklärte Kowalski den Grund seines Kommens. Als er bemerkte, wie seine Gesprächspartnerin skeptisch die rechte Braue hochzog, fügte er hinzu: „Besser gesagt mit einer Ihrer Mitarbeiterinnen."

„Um was geht es denn?", fragte die Dame nun deutlich reservierter.

„Das ist etwas kompliziert." Dem strengen Blick seines Gegenübers sah er an, dass er nicht drum herumkommen würde, sich näher zu erklären: „Vor ein paar Tagen war ich schon einmal hier, sozusagen als Patient. Ich hatte mir den Fuß verstaucht und Ihre Mitarbeiterin bot sich an, mir zu ..."

Weiter kam er nicht, denn die Studiochefin unterbrach ihn: „Vor ein paar Tagen, sagen Sie? Das kann nicht sein. Wir hatten die letzten zwei Wochen Betriebsurlaub und daher geschlossen. Heute ist der erste Tag nach unserer Pause."

Nun war es an Kowalski, verwundert die Brauen zu heben. „Betriebsurlaub? Aber ich war ganz sicher hier, Irrtum ausgeschlossen." Er überschlug schnell einige Gedanken und mutmaßte: „Vielleicht hat Ihre Mitarbeiterin Sie während Ihres Urlaubs vertreten?"

Die Chefin schüttelte energisch den Kopf. „Nein, nein, Sie müssen sich täuschen." Und dann, mit einem neugierigen Funkeln in ihren Augen: „Wie soll diese Mitarbeiterin denn ausgesehen haben?"

Kowalski lieferte eine knappe Beschreibung ab und erklärte: „Ai Fang Wang hat mich hier behandelt, als würde sie das schon seit Jahren tun. Sie kannte sich bestens aus."

„Mal abgesehen davon, dass man Verstauchungen nicht mit Akupunktur heilen kann, sondern höchstens die Schmerzen lindern, habe ich den Namen Ai Fang Wang noch nie in meinem Leben gehört." Sie sah ihn durchdringend an: „Ich möchte Sie bitten, mein Geschäft umgehend zu verlassen."

Kowalski hob beide Hände. „Sie denken doch nicht etwa, dass ich Sie auf den Arm nehme?"

„Doch. Genau dieser Gedanke ist mir gekommen. Gehen Sie, bitte!"

„Nein, nein, ich versichere Ihnen, dass ich seriöse Absichten habe." Er nestelte nach seiner Brieftasche und zog eine Visitenkarte hervor.

„Von einer Versicherung kommen Sie? Dann verstehe ich erst recht nicht …" Das Gesicht der Frau wurde mit einem Mal aschfahl. „Sie haben es auf meine Abrechnungen abgesehen, ja? Das Gerede um diese Ai Wang diente nur dazu, mich aufs Glatteis zu führen, ja? Das kann ja wohl nicht angehen! Muss ich mir das bieten lassen, dass Sie sich bei mir einschleichen, als wäre mein Geschäft in irgendeiner Weise dubios? Das verbitte ich mir!"

„Nein, wirklich, es gibt keinerlei Grund …"

„Bei mir läuft alles korrekt. Jede Behandlung wird ordentlich abgerechnet. Noch nie habe ich Probleme mit den Kassen bekommen, und ich lasse mir von Ihnen nicht …"

Kowalski, dem tausend neue Fragen durch den Kopf geisterten, kapitulierte. Mit knappem Abschiedsgruß verließ er den Laden.

Die beängstigendste Frage für ihn lautete nun, ob er sich sein Zusammentreffen mit Ai Fang Wang womöglich nur eingebildet hatte. Ebenso wie die abendlichen Schüsse auf dem Garagenhof, für die es weder Beweise noch Zeugen gab. Bestand für ihn Anlass, an seinem Verstand zu zweifeln?

24

Das Sana Klinikum Hameln-Pyrmont, ein moderner roter Klinkerbau direkt am Weserufer, lag für Kowalski in fußläufiger Nähe sowohl zu seiner Wohnung als auch zum Büro. Daher machte er einen Schlenker zum Fluss und meldete sich am Empfang des Krankenhauses. Recht große Hoffnung darauf, zu Andrea vorgelassen zu werden, hatte er zwar nicht, doch er war es seinem Gewissen schuldig, es wenigstens zu probieren.

Er erfuhr, dass Andrea noch immer auf der Intensivstation lag und wurde erwartungsgemäß abgewiesen. Höflich bedankte er sich bei der Empfangsdame im großen, lichtdurchfluteten Foyer der Klinik, wandte sich zum Gehen und stieß um ein Haar mit einem beleibten Mann in weißer Arztkluft zusammen.

„Ich habe zufällig mitbekommen, zu wem Sie möchten", sagte der dicke Mediziner und stellte sich als Dr. Traunstein vor. „Sind Sie ein Verwandter?"

„Leider nicht", meinte Kowalski. „Nur ein Kollege. Aber ich war einer der Ersten am Unfallort, daher liegt es mir am Herzen, dass ..."

„Verstehe", unterbrach ihn der Arzt und führte ihn ein paar Schritte vom Empfang weg. „Ich bin zuständig für die Patientin. Sie macht gerade eine höchst schwierige Phase durch. Sie ist noch nicht wieder zu Bewusstsein gekommen, und – ganz offen gesagt – stehen ihre Chancen nicht gut. Es ist jetzt besonders wichtig, dass sie möglichst viel persönliche Ansprache erhält. Daher möchte ich Sie bitten, mich in die Station zu begleiten. Reden Sie mit Ihrer Kollegin! Wecken Sie ihren Lebensmut!"

Kowalski sagte sofort zu. Wenige Minuten später saß er, mit antiseptischem Kittel und Mundschutz ausgestattet, an Andreas Bett. Die kleine Frau, die durch diverse Schläuche und Kabel mit piepsenden und blinkenden Apparaturen verbunden war, füllte das Bett kaum aus. Wie ein Kind, durchfuhr es Kowalski. Ein Kind allerdings mit einem verhärmten, faltigen Gesicht, das er bislang nie ohne den Schutzschild einer Schminkschicht zu sehen bekommen hatte. Die Wunden verstärkten den Eindruck, dass Andrea viel eingesteckt hatte.

„Ich komme dich besuchen", sagte er sanft. „Erkennst du meine Stimme? Ich bin es: Kowalski, dein Kollege."

Im Bett blieb es ruhig.

„Du erinnerst dich? Ich war am Unfallort, habe mit dir gesprochen, kurz bevor du ohnmächtig wurdest."

Keinerlei Reaktion.

„Wir machen uns alle große Sorgen um dich! Jeder fragt sich, wie das passieren konnte. Was dich abgelenkt und den Unfall ausgelöst haben könnte, ob vielleicht ein Tier auf die Fahrbahn gerannt ist? Oder ob doch ein anderer Wagen im Spiel war, deinen Weg geschnitten hat?"

Kein Anzeichen von Wahrnehmung.

„Im Büro versuchen wir so gut es geht weiterzuarbeiten. Aber in Gedanken sind wir natürlich die ganze Zeit bei dir. Michael drückt dir ganz fest die Daumen und auch Jürgen ..."

Ein leichtes Zucken um den linken Mundwinkel. Oder bildete er sich das nur ein?

„Ja, Jürgen hofft natürlich auch, dass du ganz schnell wieder auf den Beinen bist."

Nichts mehr. Nur das gleichmäßige Geräusch der medizinischen Geräte.

„Es wird dich sicher interessieren: Ich habe deine Handtasche aus dem Auto gerettet. Dein Geld und die Papiere und so weiter. Aber leider konnte ich Susannes Tagebuch nicht finden."

Eine Reaktion blieb aus.

„Bist du sicher, dass du es dabeihattest?"

Nichts.

„Sollte ich versuchen, noch einmal im Wageninneren nachzusehen? Vielleicht lässt mich die Polizei ja dran?"

Nullkommanichts.

„Du kannst auf mich zählen: Ich lasse nicht locker, bis ich das Buch gefunden habe. Ich weiß ja, wie wichtig es dir war. Und wenn du wieder gesund bist, schließen wir den Fall gemeinsam ab. Die Lorbeeren gebühren dann vor allem dir."

Er überwand seine Skrupel und die Befangenheit, die die erschreckende Sterilität des Krankenzimmers, aber auch die augenscheinliche Zerbrechlichkeit der Patientin in ihm auslösten, und griff behutsam nach Andreas Hand.

„Weißt du, auch für mich hat es eine ganz besondere Bedeutung, diese Akte möglichst bald zu schließen. Ich bin an einer schnellen Lösung so sehr interessiert, weil mich der Fall auch persönlich belastet. Denn er hat böse Geister in mir wachgerufen, von denen ich hoffte, sie hinter mir gelassen zu haben."

Er wartete, doch nichts geschah.

„Ich habe dir ja von meinem letzten Vertragsabschluss in Hannover erzählt, dem grandios gescheiterten Mega-Deal. Ja, und ich weiß natürlich, dass ihr euch im Büro darüber die Mäuler zerreißt, wenn ich nicht da bin. Nichts für ungut."

Stille.

„Eigentlich hätte dieser Vertragsabschluss eine sichere Sache für die Gesellschaft sein sollen, und du kannst mir glauben, dass ich vorher alles genau abgeklopft und Erkundigungen eingezogen habe. Das Ehepaar, das um die ungewöhnlich hohe Lebensversicherung nachsuchte, machte einen absolut integeren Eindruck. In den Beratungsgesprächen keimte nicht einmal für eine Millisekunde so etwas wie ein Zweifel oder Verdacht auf. Mir ist es nach wie vor schleierhaft, ob ich einem heimtückischen Plan aufgesessen bin - wovon meine Chefs ausgehen -, oder aber doch nur der Zufall seine Hände im Spiel gehabt hatte. Ehrlich gesagt tendiere ich dazu, meinen Vorgesetzten recht zu geben. Denn ich glaube nach all den Jahren im Geschäft nicht mehr an Zufälle. Dass der Blitzschlag so kurz nach Vertragsunterzeichnung ausgerechnet das Haus meiner Klienten traf, kann nicht allein mit höherer Gewalt erklärt werden. Ich fühle es mit jeder Pore meiner Haut, dass der Ehemann nachgeholfen hat, selbst wenn die feuerpolizeilichen Untersuchungen einen Nachweis dafür schuldig geblieben sind. Aber du kannst mir glauben, Andrea: Eines Tages werde ich ihm auf die Schliche kommen! Irgendwann finde ich das fehlende Puzzleteil und weise es ihm nach! Oder aber die Zeit spielt für mich: Der Mann könnte übermütig werden, leichtsinnig und sein Geheimnis ausplaudern. Dann schlägt meine Stunde! Doch bis dahin muss ich mit dem quälenden Gedanken leben, dass ich als Risikobewerter gnadenlos versagt habe. Deshalb setze ich alles daran, nun wenigstens die Saurier-Geschichte mit Anstand über die Bühne zu bringen. Und dafür brauche ich dich und deinen Sachverstand, Andrea."

Kowalski setzte das einseitige Gespräch noch eine Weile fort. Als ihm die Themen ausgingen, gesellte sich Dr. Traunstein an seine Seite und nickte ihm aufmunternd zu.

„Danke, dass Sie sich die Zeit genommen haben“, sagte er.

„Keine Ursache. Es war mir selbst ein großes Anliegen. - Aber ob es etwas gebracht hat, weiß ich nicht.“

„Ich bin mir sicher, dass es der Patientin gutgetan hat. Haben Sie eine Reaktion bemerkt?“

Kowalski schüttelte betrübt den Kopf. „Leider nein. Einmal hatte ich kurz den Eindruck, dass sie gezuckt hat. Aber es war nur ein flüchtiger Moment.“

„Mmmm“, machte Traunstein. „Könnte eine spontane Kontraktion einiger Gesichtsmuskel gewesen sein. Möglicherweise eine unbewusste Reflexreaktion auf einen Luftzug. Es ist aber auch möglich, dass die Patientin auf Ihre Worte reagiert hat. Ich werte dies als Hoffungsschimmer.“

„Wenn Sie meinen ...“, sagte Kowalski zweifelnd.

„Kommen Sie wieder, wenn Sie Zeit finden!“, appellierte der Arzt an ihn. „Die Schulmedizin allein kann Ihrer Bekannten nicht helfen. Es ist wichtig, den Lebenswillen der Patientin anzusprechen. Dafür sind Besuche wie Ihrer zwingend notwendig.“

Kowalski verließ das Krankenhaus zwar mit dem Gefühl, etwas Gutes getan zu haben. Dieses Gefühl aber war nur sehr schwach ausgeprägt und verflog, kaum dass er sich einige hundert Meter von der Klinik entfernt hatte. Er wollte jetzt nur noch eines: nach Hause vor den Fernseher, mit einer Flasche Bier und einem schnell gemachten Fertiggericht. Und dann gute Nacht!

25

Dummerweise fand er in seiner Küche aber weder das eine noch das andere vor. Also musste er sich doch noch einmal aufraffen.

Unweigerlich führte ihn sein Weg ins *Kitzinger*. Er wusste nicht genau, warum. Ob er hoffte, dort Michael anzutreffen, um noch ein wenig zu plaudern und sich seine bedrückenden Erfahrungen aus der Klinik von der Seele zu reden - oder auch nicht? Der Grund bestand wohl eher in der Tatsache, dass er sich im *Kitzinger* wohlfühlte, denn sonst kannte er ja keine Kneipe in der Stadt. Und zum Pfannkuchenessen hatte er jetzt ganz bestimmt keine Lust.

Die Gaststube war warm, spärlich beleuchtet und gemütlich wie immer. Stammkundschaft und weitere Gäste hatten sämtliche Tische in Beschlag genommen. Nur an der Theke blieb ein Hocker unbesetzt, den sich Kowalski sogleich sicherte. Anstelle von Michael leistete ihm ein munteres Damentrio Gesellschaft: drei fröhlich plaudernde Endfünfziger, deren Kleidung, Schmuck, Frisuren und Gehabe darauf schließen ließen, dass es sich um die Gattinnen von Ärzten, Anwälten oder Notaren handelte oder sie selbst Ärztinnen, Anwältinnen oder Notarinnen waren.

Letzteres schloss Kowalski aus, nachdem er ihren Gesprächen eine Weile gelauscht und erfahren hatte, dass die Ladys den lieben langen Tag im Frisiersalon, beim Shoppen und im Café verbrachten, um die Abendstunden bei ein, zwei Schörlchen Wein im *Kitzinger* einzuläuten.

Ehe er sich's versah, wurde Kowalski in die Damenrunde einbezogen. Ruck, zuck hatte die platinblonde Gisela seinen Ehering entdeckt und erkundigte sich nach Frau Kowalski. Die brünette Marlies schloss aus der Tatsache, dass Kowalskis Gattin in Hannover zurückgeblieben sei, auf seine ohne Frage sehr große Einsamkeit. Ehe Kowalski Gelegenheit hatte, dies abzustreiten, wechselte die rothaarige Irmgard ihren Platz und rückte ihm von der anderen Seite auf die Pelle.

Die Damen beschlossen, Kowalski ein Getränk zu bestellen. Seinen Wunsch nach einem profanen Pilsener ließen sie nicht gelten und überredeten den Barmann dazu, sich an einen Caipirinha zu wagen. Der protestierte schwach, denn das *Kitzinger* sei keine Cocktailbar. Doch er wusste, dass man Gisela, Marlies und Irmgard keinen Wunsch abschlagen sollte und machte sich daran, die Zutaten zusammenzustellen.

„Erzähl doch mal!", wandte sich Irmgard mit einem sehr breiten Grinsen an Kowalski und wechselte spontan ins Du. „Was treibst du so?"

„Sie meint deinen Beruf", stellte Marlies klar, um den allzu forschen Vorstoß ihrer Freundin zu bremsen.

Kowalski, von drei schweren Parfümsorten eingenebelt, stellte sich als Versicherungsmann vor – in der Hoffnung, dass das Trio mit diesem Berufsfeld Langeweile assoziierte und von ihm ablassen würde. Aber die Damen waren hart im Nehmen.

Gisela, die angesichts von Irmgards Offensive nicht ins Hintertreffen geraten wollte, horchte ihn nach seinen aktuellen Aufträgen aus. Glücklicherweise wurde in dem Moment der Caipi serviert, was Kowalski eine kurze Auszeit verschaffte. Ausgiebig sog er am Halm und spürte den Rum, der angenehm im Hals brannte.

Kaum hatte er das Glas abgesetzt, wiederholte Gisela ihre Frage, und Kowalski beging den Fehler, von den Saurierspuren zu berichten.

Davon zeigte sich vor allem Marlies begeistert, die im Garten ihrer Klüt-Villa eine Versteinerung zum Brunnen umfunktioniert hatte. „So was kann man versichern? Für wie viel denn?"

Kowalski redete ihr den Gedanken aus, einen Versicherungsschutz für ihren Springbrunnen zu beantragen, machte aber Andeutungen, dass die Obernkirchner Spuren auf einen Gegenwert von mehreren Millionen geschätzt wurden.

Alle drei Grazien waren bass erstaunt und begannen laut gackernd zu diskutieren. Während die nächste Runde Schörlchen geleert wurde, stellten sie Vergleiche an zwischen den Steinspuren und ihrem Schmuck, den Gemälden in ihren Häusern sowie Sportwagen und Rennpferden. Bald kamen sie überein, dass ein schnöder Saurierabdruck keiner von ihnen eine so große Summe wert sei.

Was denn an ein paar Sandsteinplatten so Besonderes sei, um die hohe Summe zu rechtfertigen, wollte Irmgard wissen. Kowalski, dem der Rum bald zu Kopf stieg, erklärte, dass nicht jede einzelne Spur von gleichem Wert sei, denn es käme jeweils auf die Ausprägung und den Zustand an. Außerdem sei beim Obernkirchner Spurenfeld die Gesamtheit des Fundes ausschlaggebend:

„Nirgends sonst gibt es ein ähnlich großes, zusammenhängendes Muster - und nirgends die berühmte Mutter-Kind-Fährte. Betrachten Sie es als Gesamtkunstwerk", versuchte er zu verdeutlichen.

„Nicht Sie", verbesserte ihn Irmgard, „wir sind doch per Du."

Marlies rückte noch näher an ihn heran und tuschelte: „Selbst wenn es viele Spuren sind: Ich finde, die Sache wird überbewertet. Das kommt ja oft vor. Mein Mann, er ist übrigens Notar …"

„Aha!", rief Kowalski dazwischen.

„Bitte?"

„Nichts. Ihr, äh, dein Mann sagt was?"

„Er hat oft mit Klienten zu tun, die ihr Eigentum zu hoch bewerten: Grundstücke werden über Wert angesetzt, Immobilien sowieso. Eigentlich könnte es ihm nur recht sein, denn seine Provision richtet sich ja nach diesem Wert."

„Worauf wollen Sie, äh, du denn hinaus?"

Marlies sah ihn aus ihren wasserblauen Augen erstaunt an.

„Ist das denn nicht offensichtlich? Es geht um Betrug! Immer geht es um Betrug. Die Leute wollen das meiste für sich herausschlagen, wenn sie etwas verkaufen - oder versichern."

Kowalski sah sie nachdenklich an. Er dachte an die ehrbaren Forscher in Obernkirchen, die er per se für unbestechliche Vertreter ihrer Zunft hielt. Sein Auftraggeber war im Übrigen die öffentliche Hand - die hatte keine Motivation, sich mit Versicherungsbetrug zu bereichern. Aber ihm kam auch eine andere Idee. Ein vager Verdacht nur. Nichts sonderlich Realistisches. Aber er müsste ihn im Hinterkopf behalten und ab sofort besonders auf der Hut sein. Sein Misstrauen war jedenfalls geweckt.

„Zahlen!", sagte er zum Barmann und brüskierte die Damenrunde durch sein plötzliches Aufbrechen. Schnell fügte er hinzu.

„Ich übernehme meinen Cocktail und die letzte Runde Wein der Damen."

Der Barmann reichte ihm den Bon. Als Kowalski den Preis des Caipirinha las, fragte er erstaunt: „Zwanzig Euro für ein Getränk?"

„Das war ein Caipi Spezial", meinte der Barmann, ohne mit der Wimper zu zucken.

„Dieses ‚Spezial' rechtfertigt nicht den doppelten Preis!"

„Rum ist teuer geworden. Genau wie der Benzinpreis ..."

„Was hat denn der Benzinpreis ... – ach, was soll's! Hier haben Sie Ihr Geld. Der Rest ist für Sie."

26

Nach einem zähen Vormittag im Büro, wo verständlicherweise eine zutiefst gedrückte Stimmung herrschte, setzte er sich in der Mittagszeit von Michael und Jürgen ab, um dem Italiener zu entgehen und etwas zu erledigen, das er eigentlich schon tags zuvor getan haben sollte.

Sein Weg, den er mit einer Mischung aus Schwermut und Nachdenklichkeit zurücklegte, führte ihn in die Polizeiinspektion, wo er sich ins Fachkommissariat 1, zuständig für Tötungs-, Sitten- und Branddelikte, führen ließ. Ein junger Beamter mit wachen Augen bot ihm einen Sitzplatz an.

Kowalski legte seine Visitenkarte auf den Schreibtisch.

„Ich komme wegen des Unfalls, gestern in den Nachmittagsstunden bei Salzhemmendorf."

„Ein Fall für Ihre Versicherung?", erkundigte sich der Kripomann.

„Allerdings, ja. Im Wagen saß eine Kollegin von mir. Wir arbeiteten am selben Auftrag. Ich war auch selbst vor Ort, kurz nachdem es passiert ist. Ich habe bei dieser Gelegenheit ihre Handtasche aufgelesen." Kowalski legte eine Plastiktüte auf den Tisch, in der er Andreas Handtasche deponiert hatte. Er wollte sie so schnell wie möglich loswerden, ehe ihm aus seiner Unterschlagung ein Strick gedreht werden könnte. Bei der schlafenden Andrea im Krankenhaus hatte er sie tags zuvor nicht zurücklassen wollen.

Der Beamte warf einen kurzen Blick in die Tüte und stellte sie neben seinem Stuhl ab. „Danke. Wir werden die Tasche den Angehörigen der Verstorbenen zustellen."

Kowalski fühlte sich wie vom Schlag getroffen. „Verstorben? Ist Andrea etwa ..."

„Verzeihung. Ich bin davon ausgegangen, dass Sie es schon wussten. Ihre Kollegin ist heute Morgen ihren Verletzungen erlegen."

„Was?" Kowalski musste um seine Fassung ringen.

„Jaja, ein schlimmer Unfall. Die Ursache steht übrigens noch immer nicht sicher fest, wir gehen aber von überhöhter Geschwindigkeit aus. Es wird auf Selbstverschulden hinauslaufen."

Kowalski schnappte nach Luft. „Wie können Sie das jetzt schon wissen?", fragte er aggressiver als es angebracht gewesen wäre. „Ermitteln Sie etwa überhaupt nicht wegen Fremdverschuldens?"

„Wir sehen keinen Anlass", sagte der junge Polizist und schlug eine Mappe auf, die den Unfallbericht sowie einige Fotos des Unglücksorts enthielt. „Anhand der Bremsspur lässt sich der Weg des Pkw klar nachvollziehen. Es gibt keinerlei Hinweise auf ein zweites Fahrzeug. Weder eine zweite Bremsspur, noch Lackspuren oder Splitter eines anderen Scheinwerfers. Das hätten wir ganz sicher gefunden, wenn sich zwei Pkw touchiert hätten." Er hustete in seine Faust. „Kann es sein, dass es Ihre Kollegin an diesem Tag besonders eilig hatte und daher das Tempolimit nicht beachtet hat?"

Kowalski fühlte sich selbst wie überfahren. Eine dramatische Nachricht jagte die nächste, und er gewann den unangenehmen Eindruck, längst nicht mehr Herr der Lage zu sein. Er musste sich zwingen, Haltung zu bewahren und sein eigentliches Anliegen vorzubringen. Statt auf die letzte Frage – mehr eine Unterstellung! – des jungen Beamten einzugehen, wechselte Kowalski das Thema: „Wie schon gesagt: Die Kollegin war bei uns versichert. Besteht die Möglichkeit, dass ich als Sachverständiger das Wrack ihres Fahrzeugs möglichst bald begutachten kann?" Er formulierte die Frage bewusst viel umständlicher als er sie am liebsten vorgebracht hätte. Denn er wollte keinen Argwohn erregen und vom wirklichen Grund seiner Untersuchung ablenken: nämlich noch einmal nach Susis Tagebuch zu fahnden.

Der Beamte mit den wachen Augen war über seinen Wunsch so erstaunt, dass er sich vergewisserte: „Sie wollen das Wrack inspizieren? Für die Versicherung?"

„Ganz genau", bekräftigte Kowalski.

Der Kripomann nahm Kowalskis Karte noch einmal zur Hand und studierte sie ausgiebig. „Tatsächlich. Dieselbe Versicherung", sagte er leise und dann lauter: „Der Fall ist bei Ihnen wohl versehentlich doppelt besetzt worden, was? Heute früh war schon jemand von Ihrem Verein hier." Er schob Kowalski eine beinahe identische Visitenkarte zu wie seine eigene. Kowalski hob die Karte an. Es handelte sich um diejenige von Jürgen. „Sehen Sie", sagte der Polizist. „Sie haben sich umsonst hierher bemüht. Das Kraftfahrzeug ist bereits freigegeben."

Kowalski beeilte sich, um die Kollegen noch in ihrer Mittagspause beim Italiener anzutreffen. Michael machte sich gerade über Tortiglioni al forno her, während Jürgen dabei war, den kompletten Inhalt des Parmesannapfs über seine Spaghetti zu schütten.

Als sich Kowalski zu ihnen gesellte, musste er nicht groß nach einer Erklärung verlangen. Schmatzend erklärte Jürgen: „Was ich dir berichten wollte: Mir hat die Geschichte mit diesem Tagebuch, von dem du erzählt hast, keine Ruhe gelassen", sagte er mit vollem Mund. „Ich bin gleich am Morgen hingefahren, zur Polizeiwache, und habe mir Andreas Auto zeigen lassen. Die Fahrgastzelle war ja übel zugerichtet. Aber ich bin hineingekrochen und habe keinen Quadratzentimeter ausgelassen bei meiner Suche."

„Warum hast du das nicht schon vorhin im Büro erzählt?", erkundigte sich Kowalski und ließ durchblicken, dass er sauer darüber war, wenn Jürgen sein Herrschaftswissen bewusst oder unbewusst zeitverzögert preisgab. „Hast du wenigstens etwas gefunden?"

„Fehlanzeige", antwortete Michael, der das Ergebnis von Jürgens Suche offenbar schon kannte. „Keine Spur vom Tagebuch. Fragt sich, ob es überhaupt eines gegeben hat. Susi war ja nicht gerade der klassische Tagebuch-Typ."

Kowalski hätte von Michael gern gewusst, wie der klassische Tagebuch-Typ denn bitte sehr auszusehen hätte. Doch er stellte diese Frage nicht, denn an ihm war es nun, die Kollegen von Andreas Tod in Kenntnis zu setzen.

Aber auch hier erwiesen sich die beiden bereits als gut im Bilde. Jürgen deutete auf zwei geleerte Schnapsgläser und verkündete mit belegter Stimme: „Wir haben die traurige Nachricht kurz vor der Mittagspause bekommen und auf die Verstorbene angestoßen. Andrea war ein Pfundskerl! Sie hinterlässt eine große Lücke in unserer kleinen Agentur."

Das klang abgedroschen und wenig glaubhaft, fand Kowalski. Auch dass die Kollegen nach einem solch dramatischen Ereignis Mittag essen gingen wie an jedem anderen x-beliebigen Tag, störte ihn. Kowalski jedenfalls war der Appetit gründlich vergangen.

„Willst du nichts bestellen?“, fragte Jürgen prompt, als er dessen abweisenden Ausdruck bemerkte.

„Nein, ganz bestimmt nicht. Ich frage mich, wie ihr so unbeteiligt sein könnt. Ich würde jetzt keinen einzigen Bissen runterkriegen.“

„Na ja, ist vielleicht besser. So verlierst du wenigstens keine Zeit.“

„Zeit? Zeit wofür?“, fragte Kowalski ahnungslos.

„Zeit, dich endlich wieder um unsere größte offene Baustelle zu kümmern: die gestohlenen Saurierfährten.“ Jürgen wischte sich mit einer Serviette über den Mund, verschmierte die Bolognesesoße damit aber nur über seinen Dreitagebart. „Du weißt ja, was für uns auf dem Spiel steht. Bei einer Versicherungssumme von vierzehn Millionen Euro ist ein wenig mehr Einsatz gefordert, als sich einmal am Tatort blicken zu lassen und den Rest der Arbeitszeit mit den Privatangelegenheiten deiner Kolleginnen und Smalltalk auf irgendwelchen Messen in Hannover zu verbringen.“

Kowalski musste angesichts der Wucht dieses unerwarteten Angriffs schwer schlucken. Er fasste sich aber schnell und konterte: „Von Smalltalk kann keine Rede sein. Ich stecke knietief in den Recherchen.“ Er berichtete von den Ergebnissen seines Besuchs bei den Mineralientagen.

Jürgen würdigte seinen Bericht nur mit einem ungnädigen Lächeln. „Auf so einer esoterischen Heilsteinsammlung wirst du die Obernkirchner Trittsiegel nicht finden. Sie sind keine handelbaren Objekte!“

Unerwartet sprang Michael Kowalski bei: „Es gibt da wohl verschiedene Sichtweisen. Ich meine: Dass ein Römerschiff kulturelles und wissenschaftliches Gemeingut ist, muss man niemandem erklären. Warum sollte das bei Schätzen wie den Saurierspuren dann nicht genauso sein? Das Ganze ist doch eine Grauzone. Was wir bräuchten, wäre ein bundes- oder sogar europaweites Fossilienschutzgesetz. Es sollte den Besitzer eines wertvollen Fossils verpflichten, es der zuständigen Behörde als Kulturgut zu melden. Dann würde das Gesetz zum Schutz gegen die Abwanderung von Kulturgütern greifen und dürfte auf keinen Fall ins Ausland verkauft werden. Für uns als Versicherer würde das die Sache ungemein erleichtern."

„Du meinst, dass diese Gefahr besteht? Dass die Trittsiegel bereits auf dem Weg außer Landes sind?", fragte Kowalski und dachte an nebulöse Chinesen mit Geldkoffern.

Michael kostete es aus, dass er ausnahmsweise mal einen gehaltvollen Beitrag geleistet hatte. „Na, sicher! Bislang darf man das, zumindest in den meisten Bundesländern, straflos tun. Das ist ja auch ein Grund dafür, dass viele Funde nie publik werden. In den Steinbrüchen sind manche Steinbrecher das erste Glied einer Schwarzmarktkette, die über Zwischenhändler zu den Sammlern im Ausland führen."

„Das hässliche Gesicht des Fossilienhandels", sagte Kowalski, düsteren Gedanken nachhängend. „Doch Fossilienschutzgesetze hin oder her: Hier geht es um Diebesgut, und da greift zuallererst das Strafrecht."

„Wie wahr, wie wahr", meinte Jürgen und sagte mit schneidendem Ton: „Ein Grund mehr, sich zu sputen. Am besten fährst du gleich noch mal hin, um dich an Ort und Stelle umzusehen und irgendetwas zu finden, das uns das Auszahlen der Versicherungssumme erspart oder es zumindest weiter verzögert."

Kowalski sah erst Jürgen, dann Michael an, in der illusionären Hoffnung, der Kollege würde ein zweites Mal eine Lanze für ihn brechen.

Stattdessen gab ihm Michael einen Spruch mit auf den Weg, den er sich angesichts der sich aufdrängenden Parallelen zu Susis Tod besser gespart hätte: „Hals- und Beinbruch!“

27

Den Vorsatz, Steinbruchchef Röver noch einmal auf den Zahn zu fühlen, ließ er spontan fallen, als er seinen Passat vor dem Verwaltungsgebäude abgestellt hatte und respektvoll einem signalgelben Bulldozer hinterherschaute, der in beachtlichem Tempo an ihm vorbeidonnerte und dabei den Boden zum Beben brachte.

Vielleicht, dachte Kowalski, sollte er sich anstatt mit dem Boss lieber intensiver mit den Arbeitern unterhalten. Der ein oder andere von ihnen könnte ja etwas aufgeschnappt oder sogar beobachtet haben, ohne es der Polizei auf die Nase gebunden zu haben.

Die Warntafeln ignorierend betrat Kowalski das Werksgelände, hielt sich tunlichst ganz am Rand der Fahrstraße, um von keinem Muldenkipper oder Schaufelbagger überrollt zu werden, und erreichte den Steinbruch nach knappen zehn Minuten.

Es hatte kurz zuvor geregnet, sodass die Sonne den Sandstein in einem besonders kräftigen Rot erscheinen ließ. Die tiefe Grube, die von scharfen Bruchkanten umrahmt wurde, ließ in Kowalskis Kopf das Bild einer riesigen Wunde entstehen. Als hätte ein gigantischer Raubsaurier ein enormes Loch in den Berg gebissen.

Das emsige Treiben der Arbeiter und ihrer archaisch anmutenden Maschinen wurde begleitet von einer nicht weniger imposanten Geräuschkulisse: Die Schläge schwerer Keilhammer, die von den Brechern noch per Hand geschwungen wurden, bildeten den Takt zu einem lärmenden Konzert vieler anderer Töne wie dem Dröhnen und Krachen der Bohrhämmer, dem

Surren der Vibrationssiebe und dem Fauchen eines haushohen Baggers.

Kowalski hütete sich davor, sich zu nahe an das Geschehen heranzuwagen. Er wollte schließlich nicht so enden wie Susi. Stattdessen wartete er am Rande einer Abraumhalde darauf, dass er einen Trupp Arbeiter abfangen könnte. Er musste nicht viel Geduld aufbringen, denn kurz darauf schlenderten zwei in Blaumann und Warnwesten gekleidete Gestalten an ihm vorbei, beide offenbar auf dem Weg in die Pause. Ihre Helme und Schutzbrillen baumelten in ihren Armbeugen. Da sie keine Anstalten machten, Kowalski Beachtung zu schenken, machte er auf sich aufmerksam, indem er rief:

„Zeit für'n kurzes Pläuschchen?"

Die beiden blieben stehen und sahen ihn unschlüssig an. Kowalski erkannte, dass er seinen Einsatz erhöhen musste, wobei es wohl am hilfreichsten gewesen wäre, den Männern eine Zigarette anzubieten. Aber Kowalski rauchte nicht, hatte daher keine dabei. Kurzentschlossen nahm er zwei Scheine aus seinem Portemonnaie und schwenkte sie auffordernd.

Die beiden Arbeiter ließen sich nicht länger bitten und kamen auf Kowalski zu. Sie schnappten sich die Zehner und einer von ihnen sagte: „Sie haben sich Ihre feinen Hosen eingesaut."

„Die Schuhe sind auch dreckig", meinte der andere.

Kowalski wäre auch ohne diese plumpen Hinweise klar gewesen, dass die beiden ihn für einen feinen Pinkel und/oder Büromenschen hielten. Er ging darauf aber nicht ein: „Ich bin wegen der Saurierspur hier. Ihr wisst schon: die gestohlenen Trittsiegel. Ich gehöre zu dem Verein, der die Spuren versichert hat. Ihr könnt euch vielleicht vorstellen, wie mir mein Chef die Hölle heiß macht, wenn ich die Dinger nicht bald wieder auftreibe."

Der kräftigere der beiden Arbeiter, dessen Gesicht schmutzverschmiert war, spuckte wenige Zentimeter neben Kowalskis Fuß auf den Boden. „Wird für euch ziemlich teuer, was?"

Das Thema Geld schien auch seinen Kollegen, den Kowalski auf etwa zwanzig schätzte, brennend zu interessieren, denn er fragte: „Was verdient man denn so als Versicherungs-Heini? Ist da ein BMW drin?"

Kowalski lächelte. „Ich muss Sie enttäuschen: Ich fahre bloß 'nen VW." Im gleichen Atemzug hielt er den Männern zwei weitere Zehn-Euro-Scheine hin. „Aber die Versicherungsgesellschaft ist sehr großzügig, wenn jemand bereit ist zu helfen. Habt ihr eine Ahnung, wer sich die Spur unter den Nagel gerissen hat? Muss ja ein Profi sein, denn eine tonnenschwere Sandsteinplatte kann man sich nicht einfach unter den Arm klemmen und damit stiften gehen."

Die Männer wechselten einen schnellen Blick. Der Ältere sagte: „Entweder unser Boss hat die Platte selbst und weiß jetzt nicht, wie er sie sauber auf den Markt bringen soll. Oder es gab wirklich diesen Diebstahl, und dann war's einer von den Hobbysammlern."

Das waren nicht wirklich erhellende Neuigkeiten, dachte Kowalski und wog das Gehörte binnen Sekunden ab: Dass Röver sich die Platte angeeignet hatte, konnte er sich kaum vorstellen. Er hatte einen sicher gut bezahlten Posten als Geschäftsführer, den er nicht leichtfertig aufs Spiel setzen würde. Wahrscheinlich wollte sein Gesprächspartner seinem Chef nur eins auswischen, indem er solche Behauptungen aufstellte. Der Hinweis auf die Hobbysammler erschien ihm logischer: Mittlerweile tummelte sich ja ein Heer der

Freizeitforscher auf den Steinbrüchen im In- und Ausland. Kowalski wusste, dass in die Lücke, die die Wissenschaft wegen Geldmangels lassen muss, längst Autodidakten eingedrungen waren, die hunderte Stunden in das Freilegen feinster Knochenstrukturen investierten. Zeit, die kein Museum bezahlen würde. Womöglich hatte einer dieser eifrigen Urzeitfans einmal in seinem Leben am ganz großen Rad drehen wollen und sich ein fettes Stück des Kuchens abgeschnitten. Aber wie sollte ein Laie das bewerkstelligt haben? Mit welchen technischen Hilfsmitteln? Und mit welchem Ziel – denn die Beute war ja allein von ihren Ausmaßen riesig?

Kowalski wurde durch den wummernden Dieselmotor eines Muldenkippers aus den Gedanken gerissen. „Wenn ein Amateur dahintersteckt, dann hat er Unterstützung gebraucht. Know-how und – viel wichtiger – Maschinen wie diese hier." Er sah die beiden Arbeiter nacheinander intensiv an. „Traut ihr es einem eurer Kollegen zu, dass er sich gegen ein gutes Trinkgeld auch mal nachts auf seinen Bagger schwingen würde?"

„Trinkgeld ist ein gutes Stichwort", sagte der Ältere und streckte seine Hand aus.

Kowalski guckte in seine Geldbörse und zog diesmal einen Zwanziger hervor. „Den müsst ihr euch teilen. Hab's nicht kleiner."

Der Arbeiter griff nach dem Schein und hielt ihn gegen das Licht, als wollte er prüfen, ob es sich um eine Blüte handelte.

„Also gut. Da gibt es einen, dem wär so was zuzutrauen. Der Willi Rupke."

„Vorarbeiter", ergänzte der Jüngere.

„Kann ich den mal sprechen?", fragte Kowalski.

„Nee. Willi macht gerade Urlaub. Auf Kreuzfahrt mitten durch die pisswarme Karibik. Hat damit angegeben wie zehn nackte Neger."

„Ist so ein Urlaub in seiner Gehaltsstufe drin?", erkundigte sich Kowalski.

„Eben nicht!", sagte der Ältere, dem der Neid auf den Kollegen anzusehen war. „Angeblich hat er was im Lotto gewonnen. Aber jeder hier weiß, dass der Willi überhaupt nicht Lotto spielt."

„Ihr denkt also, dass er sich schmieren lassen hat", folgerte Kowalski. „Dass er Geld dafür genommen hat, beim Diebstahl der Saurierspuren zu helfen?"

Die Arbeiter warfen begehrliche Blicke auf Kowalskis Portemonnaie, doch das war leer. „Wir haben schon zu viel gesagt", leitete der Ältere prompt den Rückzug ein.

„Moment", meinte Kowalski eindringlich. „Ihr seid mir noch eine Antwort schuldig."

„Einen Dreck sind wir", sagte der Arbeiter und spuckte abermals aus. „Sehen Sie sich vor, Mann!"

„Zu viele Fragen sind gar nicht gesund hier draußen", raunte der Jüngere.

„Was meint ihr mit diesen Andeutungen?", fragte Kowalski, dem augenblicklich mulmig wurde.

Der Ältere kam dicht auf ihn zu, sodass Kowalski sein faltiges und wettergegerbtes Gesicht ausgiebig studieren konnte. „Ihre Kollegin", sagte er leise, aber scharf, „hat den Hals auch nicht vollkriegen können mit ihrer Rumschnüffelei."

„Und jetzt ist sie tot", ergänzte der Jüngere. Er streckte den Zeigefinger seiner rechten Hand aus. „Da drüben hat sie gelegen."

Kowalski folgte seinem Fingerzeig mit Blicken. Er sah die Umrisse eines stillgelegten Schotterwerks, das am Rand einer Felswand stand. Am Fuße der Wand türmte sich Geröll, das sich offenbar von der hoch liegenden Abbruchkante gelöst hatte. Ein beängstigender Anblick vor dem Hintergrund, dass an jener Stelle Susi von herabstürzenden Steinen erschlagen worden war.

Als sich Kowalski zu den beiden Arbeitern zurückwandte, hatten sie das Weite gesucht. Er sah nur noch ihre Rücken, als sie mit der gleichen Ruhe wie zuvor weiter in Richtung ihrer Kantine trotteten.

Röver empfing ihn in seinem rustikalen Büro mit demselben aristokratischen Habitus wie bei ihrer ersten Begegnung. Nach kurz gehaltenem Vorgeplänkel stiegen sie sofort ins Thema ein:

„Was machen Ihre Erkundigungen?", fragte der Steinbruchchef und fügte mit gedrückter Stimme hinzu: „Das mit Ihrer Kollegin tut mir sehr leid. Mein Mitgefühl gilt Ihnen und Ihren Mitarbeitern."

„Ja, danke", ging Kowalski über die Beileidsfloskel hinweg. „In der Tat haben wir noch nicht aufgegeben. Bevor die Versicherungssumme ausgezahlt wird, müssen wir jeden Aspekt abklopfen. Unter anderem den, dass sich der oder die Diebe professionelle Hilfe geholt haben."

Hatte Kowalski von seinem Gesprächspartner Ausflüchte jedweder Art erwartet, wurde er enttäuscht: „Selbstverständlich! Ohne das nötige Fachwissen und die passenden Gerätschaften hätten die Diebe den Sandsteinblock niemals bergen und abtransportieren können."

„Ja, ähm, genau. Sie und Ihre Leute verfügen über beides. Wie würden Sie denn vorgehen, um einen solchen Steinkoloss aus dem Boden zu heben?"

Röver schmunzelte. „Der Steinbruch ist unser täglich Brot, wäre also kein Problem für uns. Die Schwierigkeit liegt in diesem besonderen Fall vielmehr darin, die Spuren der Saurier nicht zu beschädigen. Weder beim Ausfräsen noch beim Befördern."

„Ja", sagte Kowalski höchst interessiert, „und wie genau soll das funktionieren?"

„Ich würde die gesamte Spur zunächst mit einer rasch aushärtenden Masse überziehen; einem Spezialkomposit, das schnell aushärtet, sich aber nicht mit dem Stein verbindet. Anschließend würde ich den Block in einem Stück ausfräsen. Für den Transport wäre es zwar vorteilhaft, wenn man ihn zerlegen würde, aber die Spur ist ja nur in ihrer Gesamtheit von Wert. Das sagen jedenfalls die Wissenschaftler."

Kowalski, beeindruckt von der Fachkenntnis, nickte. „Apropos Transport: Wie schafft man einen solchen tonnenschweren Koloss denn überhaupt hier weg?"

Auch diese Frage brachte Röver keineswegs in Verlegenheit: „Kommt drauf an, wohin die Reise gehen soll. Auf dem Landweg ist es beinahe aussichtslos. Denn Sie müssten mit einem Schwerlasttransporter reisen, dessen Fahrer die nötigen Papiere und Sondergenehmigungen dabeihaben und jederzeit bei einer Kontrolle vorweisen müsste. Ein paar Kilometer auf der Straße wären im Schutze der Dunkelheit ja gerade noch möglich, zumal es in dieser Gegend nachts kaum Verkehr gibt. Aber dann müsste man vor der Morgendämmerung auf ein anderes Transportmittel umsatteln."

Kowalski sah den Steinbruchchef mit fragenden Augen an. „Was gibt es denn für Alternativen? Doch nicht etwa ein Flugzeug!"

Röver lachte herzlich. „Nein, mein Guter, für eine solche Schwerlast müssten Sie mindestens eine Antonow 124 chartern. Das ist ein Riesenbrummer aus der Ukraine mit einer haushohen Bugklappe. Aber auf dem Segelflugplatz in Wülpke oder dem in Coppenbrügge können Sie mit einer solchen Frachtmaschine nicht landen, und den Heeresfliegern in Bückeburg würde es bestimmt auffallen, wenn des Nachts ein Sandsteinblock in ein Flugzeug verladen würde."

„Verstanden", meinte Kowalski kleinlaut. „Welche Möglichkeit bleibt übrig?"

Röver rieb sich nachdenklich das Kinn. „Bei Aufträgen in gewisser Größenordnung haben wir in der Vergangenheit das ein oder andere Mal den Wasserweg benutzt."

„Ein Schiff?", fragte Kowalski positiv überrascht, denn diese Möglichkeit wäre ihm nie im Leben selbst eingefallen. Doch die Enttäuschung folgte auf dem Fuß, als ihm bewusst wurde, dass für die lange Fahrt nach Bremen, Hamburg oder Amsterdam ebenso ein Schwerlasttransport auf der Straße erforderlich gewesen wäre.

Röver schien seine Gedanken zu erahnen, denn er fügte hinzu: „Wir haben mitunter auf die Flussschifffahrt zurückgegriffen. Frachter auf der Weser und dem Mittellandkanal."

„Aha", sagte Kowalski, dessen Gesicht sich wieder aufhellte. „Wo liegt denn der nächste Hafen, der dafür infrage käme?"

Röver raubte ihm erneut die Illusion, als er erklärte, dass die offizielle Verschiffung des Steinmonstrums ebenfalls eine Menge Papierkram erfordert hätte und den Behörden gemeldet werden müsste. „Sie müssen sich nach einer stillgelegten Kaianlage umschauen, alles andere wäre utopisch."

Bereits im Gehen begriffen, erkundigte sich Kowalski nach Arbeiter Willi, dem angeblichen Lottokönig. Röver bestätigte, dass sich sein Angestellter im Urlaub befand, auch vom Lottogewinn hatte er gehört. Mehr Informationen über den Mann ließ sich der Geschäftsführer allerdings nicht entlocken.

„Sie müssen mich verstehen", sagte Röver mit ernster Miene. „Personalangelegenheiten erörtere ich grundsätzlich nicht mit Außenstehenden."

Kowalski fragte sich, ob Röver seinen Mitarbeiter schützen wollte - oder ob es noch andere, womöglich eigennützige Gründe dafür gab, dass er nichts auf Willi kommen ließ.

28

Das Haus war eines der letzten an der Rintelner Straße in Obernkirchen, schon weit oben auf dem Bückeberg am Rande des Waldes. Ein schlichter, grauweiß verputzter Bau, bereits sichtlich in die Jahre gekommen. Kowalski fand den Namen von Steinbrucharbeiter Willi auf einem Klingelschild gemeinsam mit zwei anderen Namen vor. Offenbar teilten sich mehrere Parteien das mit spitzgiebligem Dach versehene Haus.

Er drückte auf gut Glück den obersten Klingelknopf, woraufhin kurz darauf Schritte aus dem Flur zu vernehmen waren. Eine rundliche Silhouette erschien hinter den Buntglasscheiben der Haustür.

„Ja, bitte?", rief eine tiefe Frauenstimme durch die verschlossene Tür.

„Mein Name ist Kowalski. Ich bin wegen Willi hier."

Abwartende Stille. Dann die Frage: „Ja, und? Was wollen Sie von ihm?"

„Ich möchte ihn gern sprechen." Kowalski drückte gegen die Tür. Doch diese blieb zu. „Könnten Sie bitte öffnen?"

„Willi ist im Urlaub. Sie sind umsonst gekommen."

„Das weiß ich."

„Was haben Sie gesagt?"

Kowalski klopfte an den Rahmen. „Wenn Sie aufmachen würden, müssten wir nicht so laut reden."

Nachdem sich die Frau auf der anderen Seite der Tür eine ausgiebige Bedenkzeit gegönnt hatte, gab sie sich endlich einen Ruck und drückte die Klinke herunter. Vor Kowalskis Augen tauchte eine gedrungene Oma im ausgeblichenen Schürzenkleid, mit grauen

Löckchen und rot geäderten Wangen auf. Ihre Augen waren zu skeptisch blickenden Schlitzen verengt.

„Also? Was ist los?“, fragte sie und musterte Kowalski von oben bis unten. „Sie sehen aus wie einer von der Versicherung. Geben Sie sich keine Mühe: Ich lasse mir keinen Vertrag von Ihnen aufschwatzen. Schon gar nicht an der Haustür.“

Es lag Kowalski auf der Zunge ihr vorzuschlagen, dann doch bitte gemeinsam hineinzugehen. Doch weder war er erpicht darauf, die Wohnung der alten Dame zu sehen, noch sich mit ihr über mögliche Versicherungsverträge zu unterhalten. „Ja, Sie haben recht“, sagte er mit aufgesetztem Lächeln. „Ich komme von einer Versicherung.“

„Hab ich's doch gewusst!“ Die Alte klatschte ihre Wurstfinger aufeinander.

„Bin eben eine gute Menschenkennerin. Das sagt jeder.“

„Ohne Frage, ja. Aber keine Bange, ich will Ihnen nichts andrehen. Ich habe nur ein paar Fragen über Willi.“

Sofort flackerte wieder das Misstrauen in den Augen der Frau auf. „Hat er seine Versicherungsgebühren nicht bezahlt?“

Kowalski schüttelte den Kopf. „Darum geht es nicht. Mich würde bloß interessieren, ob Ihnen an Ihrem Mitbewohner …“

„Untermieter!“, verbesserte ihn die Oma.

„Okay. Ob Ihnen an Ihrem Untermieter in letzter Zeit etwas aufgefallen ist. Hat er sich anders benommen als sonst? Hatte er ungewöhnliche Ausgaben?“

„Der Willi benimmt sich immer gleich. Kein Wort zu viel kommt über seine Lippen. Er ist ein unhöflicher Sturkopf, so wie die Jungs vom Steinbruch eben sind. Aber solange er seinen Anteil an der Miete zahlt, soll mir das recht sein."

„Also keinerlei Veränderungen in der letzten Zeit?"

Die Alte kräuselte ihre Stirn. „Nein. Nicht dass ich wüsste." Dann sah sie auf. „Das heißt: doch! Er ist in den Urlaub gefahren!"

„Ist mir bekannt", meinte Kowalski etwas enttäuscht darüber, dass das Gespräch so unergiebig blieb.

„Ja, aber das ist ungewöhnlich für Willi! Der war nämlich vorher noch nie verreist."

„Noch nie? Ist er wohl sonst eher ein Reisemuffel?"

„Überhaupt nicht. Willi hat immer von einem Flug auf eine tropische Insel geträumt. Sein ganzes Zimmer hängt voll mit Bildern von Palmen und Bikinimädchen."

„Warum dann erst jetzt die Reise? Wie ist das zu erklären?"

„Weil der Willi doch nie Geld zum Verreisen hatte. Musste den Großteil seines Lohns an die Exfrau und die beiden Kinder abtreten. Und das, was übrig blieb …"

… haben Sie ihm für die Miete abgeknöpft, beendete Kowalski den Satz im Stillen.

„ … hat er verjubelt. Meistens in der Kneipe unten im Ort", meinte die Alte. Dann zählte sie wohl eins und eins zusammen und fragte: „Glauben Sie, der Willi hat sich was zuschulden kommen lassen? Ist das Geld für den Urlaub etwa geklaut?"

Kowalski hob beide Hände, denn ab sofort musste er sich hüten, wenn er nicht wegen übler Nachrede rangekriegt werden wollte. „Es steht mir nicht zu, darüber zu spekulieren. Ich gehe lediglich einigen Hinweisen nach."

„Hinweisen? Hinweisen auf was?“ Wieder ratterte es im Kopf der Oma. „Es geht wohl um Versicherungsbetrug, ja? Hat Willi Ihren Verein aufs Kreuz gelegt und abkassiert?“ Ein Hauch von Schadenfreude lag in ihrem letzten Satz.

Kowalski nahm das zum Anlass um zu fragen: „Würden Sie Willi so etwas denn zutrauen? Ich meine: Ist er zu komplexen Planungen im Stande und abgebrüht genug, um das damit verbundene Risiko einzugehen?“

Die Frau brauchte nicht lange, um darauf zu antworten. „Nee. Der Willi ist sicher keiner, dem ich mein Tafelsilber anvertrauen würde, aber zum echten Verbrecher reicht es bei ihm nicht. Der kriegt ja sein eigenes Leben kaum geregelt, da würde ein Versicherungsbetrug ihn glatt überfordern.“

„Wenn Sie meinen ...“ Kowalski fiel noch eine weitere Frage ein, die wichtig sein könnte: „Hat Willi Lotto oder sonst ein Glücksspiel gespielt?“

Wieder folgte die Antwort prompt: „Nein, davon hielt er nichts. Mit dem Geld, das ein Los gekostet hätte, kaufte er sich lieber eine extra Dose Bier.“

„Kommt denn eine Erbschaft infrage?“

„Davon hätte ich erfahren. Aber in seiner Sippe gibt es sowieso niemanden von Vermögen. Da hätte er höchstens Schulden geerbt.“

Kowalski plauderte mit der immer auskunftsfreudiger werdenden Vermieterin noch eine Weile weiter, wurde am Ende sogar zu einer Tasse Kaffee eingeladen, die er jedoch ablehnte, und verabschiedete sich höflich.

Für ihn stand nun fest, dass Arbeiter Willi in irgendeiner Form in den Diebstahl der Trittsiegel verwickelt gewesen sein musste und daran verdient hatte.

Anders konnte er sich den plötzlichen Geldsegen und die teure Reise nicht erklären. Ebenso sicher schien für ihn jedoch die Tatsache, dass Willi nicht die treibende Kraft und schon gar nicht der Kopf des Coups gewesen sein konnte. Den musste er an anderer Stelle suchen. - Allmählich ahnte er wo ...

Es war früh am Abend, als Kowalski seine Schuhe abstreifte und sich auf sein Sofa fallen ließ. Er schnappte sich das Telefon und rief Nele an. Sie meldete sich schon nach dem ersten Klingeln.

„Hallo, Schatz", sagte er und war selbst verwundert, wie erschöpft er klang. „Wieder so ein völlig verkorkster Tag. Ich bekomme in diesem Fall einfach keinen Fuß auf den Boden. Von wegen eine ruhige Kugel in der Provinz schieben! Gegen das, was hier abgeht, war mein Job in Hannover der reinste Erholungsurlaub." Er stöhnte, während er sich selbst bemitleidete. „Ich komme kein Stück weiter, weil jeder Tipp, dem ich nachgehe, nur zu weiteren, teilweise völlig abstrusen Hinweisen führt. Ich bewege mich in einer Welt aus fanatischen Fossiliensammlern, durchgeknallten Chinafans und abgebrühten Logistikexperten. Zu allem Überfluss bin ich umgeben von Kollegen, die der ganze Spuk völlig kalt lässt. Jürgen ist zwar sauer, weil er demnächst eine millionenschwere Buchung anweisen muss, aber das hält ihn nicht davon ab, Tag für Tag seine geliebten Nudeln mit Bergen von Parmesan in sich reinzuschaufeln. Nicht einmal Susis und Andreas Tod konnte ihn aus der Ruhe bringen. Ein Phlegmatiker par excellence. - Was fragst du? Nein, leider nichts Neues: Über Andreas Unfallhergang liegen keine Erkenntnisse vor, die auf die Beteiligung eines Dritten hindeuten. Fest steht nur, dass sie ein ordentliches Tempo draufhatte, als sie in den Graben schleuderte. - Ja, ich weiß, dass ich mich vorsehen muss. Du meinst wohl, mir könnte das Gleiche passieren? Möglich ist alles. Ja, du hast recht: Ich bin nicht zum Helden geboren. Ich sollte alles daransetzen, dass ich zurück in mein Büro nach Hannover komme. Aber, Nele, das ist ja gerade der springende Punkt: Wenn ich diese Sache hier ordentlich über die Bühne bringe und die Saurierfährten aufstöbere, steht meiner Rückversetzung nichts mehr im Wege! Dann spare ich dem Unternehmen vierzehn Millionen und bin rehabilitiert."

Nach dem Gespräch, das sich weit über eine Stunde hinzog, verlangte es Kowalski noch einmal nach frischer Luft. Zunächst hatte er bloß vor, ein Stück am Weserufer entlang zu bummeln. In Höhe der Schleuse entschied er spontan um und strebte der Altstadt entgegen. Ein kühles Bierchen im *Kitzinger* käme ihm jetzt gut zupass, dachte er.

Hätte er gewusst, dass Michael an der Theke saß und den Eindruck erweckte, als hätte er bereits auf ihn gewartet, dann hätte es Kowalski ganz sicher beim Spaziergang belassen. Nun aber war er entdeckt und konnte nicht mehr umkehren.

„Kowalski, alter Junge! Pflanz dich neben mich!", forderte Michael ihn auf und lallte, als hätte er schon wieder mindestens sechs Pils Vorsprung.

Kowalski wollte nicht unhöflich erscheinen. Um sich den Kollegen nicht zum Feind zu machen, kam er der Bitte nach. Auch er orderte ein Pils.

Wie nicht anders zu erwarten, ließ Michael eine Belanglosigkeit nach der anderen vom Stapel und langweilte Kowalski damit, noch bevor sein Bier serviert wurde. Ausweichend sah er sich in der schummrigen Kneipe um, wobei sein Blick kurz auf der Knobelrunde im Raucheranbau hängen blieb. Unter den Spielern erkannte er auch einen der Kriminalbeamten wieder, mit denen er in den letzten Tagen zu tun gehabt hatte.

Erst als Kowalski sein Bier selbst zur Hälfte geleert hatte, fiel ihm auf, dass sein Nachbar aufgehört hatte zu reden. Mit leisem Erstaunen sah er ihn an und bemerkte Tränen in den Augenwinkeln des Kollegen.

„Michael? Alles klar?“, erkundigte er sich.

„Nein“, antwortete Michael, zog ein benutztes Tempotaschentuch aus seiner Hosentasche und schnäuzte sich. „Gar nichts ist klar. – Sie ist gestorben.“

„Du sprichst von Andrea?“, fragte Kowalski verwundert. „Ja, aber ich hatte den Eindruck, dass du ziemlich schnell darüber hinweg warst.“

„Alles bloß Show. So abgebrüht bin ich nicht. Es ist bloß so, dass Jürgen es nicht ausstehen kann, wenn man sich gehen lässt. Er hat da eine sehr strikte Auffassung, was die Trennung von Job und Privatem anbelangt. Aber jetzt muss ich dauernd an sie denken: Erst Susi und nun die arme Andrea …“, stammelte er mit Schnapsatem.

Kowalski klopfte ihm auf die Schultern. „Schon gut. Ich weiß, wie du dich fühlst. Musst dich nicht schämen dafür.“

Tief über ihre Biergläser gebeugt, hingen beide ihren Gedanken nach, wobei sich die Eindrücke der Verstorbenen aus Kowalskis Erinnerungen nach dem vierten Pils mit Fantasiebildern vermischten, die Andrea als Geisha mit Engelsflügeln zeigten und sich verflüchtigten, als der Geisha-Engel in Richtung Himmel davonflog.

„Immerhin ist für ihre Angehörigen gesorgt“, meinte Michael nach langen Minuten des Schweigens. „Das dürfte ihre Trauer etwas mildern.“

„Du meinst wegen ihrer Versicherung?“, fragte Kowalski, dem die Verwandtschaft der beiden toten Kolleginnen ziemlich gleichgültig war. Er kannte ja niemanden von ihnen. „Besonders hoch kann die wohl nicht gewesen sein."

„Doch, doch. Jürgen hat den beiden vor Kurzem einen attraktiven Haustarif angeboten, sodass Andrea und Susi die Lebensversicherungssummen aufgestockt haben. Ich übrigens auch." Er grinste müde. „Mittlerweile dürfte sich Jürgen dafür selbst in den Arsch beißen, denn jetzt muss die HVN blechen, und er kassiert den Rüffel dafür."

„Tja, Pech für ihn", meinte Kowalski und wollte diesem Aspekt keine weitere Beachtung schenken. Doch dann blickte er, vom Geistesblitz getroffen, plötzlich auf: „Ich möchte zahlen!", rief er dem Barmann zu und legte einen Geldschein auf den Tresen.

Er klopfte dem völlig überrumpelten Michael auf die Schulter und verließ eiligst das *Kitzinger*.

Inzwischen war es stockdunkel. Als Kowalski über den Posthof in Richtung Baustraße und dann auf den Kastanienwall hetzte, begegnete er keiner Menschenseele. Das Geschäfts- und Bürohaus, das die HVN-Niederlassung beherbergte, sah verwaist aus. Das konnte ihm nur recht sein, dachte sich Kowalski und zog den Büroschlüssel aus der Tasche, der auch ins Eingangschloss im Parterre passte.

Das, was ihn an diesem fortgeschrittenen Abend ins Büro trieb, war mehr eine Ahnung als Gewissheit. Michaels treuherzig vorgebrachte Schilderungen hatten ihn stutzig werden lassen. Denn jedes Mal, wenn eine Lebensversicherung kurz vor einem Todesfall angehoben wurde, ließ es bei Kowalski sämtliche Alarmglocken klingeln. Kein Wunder, denn seit seiner Superpleite in Hannover galt er als gebranntes Kind. Und so witterte er auch in den Fällen von Susi und Andrea

Ungereimtheiten, wenn nicht sogar Vorsatz. Deshalb brannte es ihm unter den Nägeln, die Verträge der beiden zu Gesicht zu bekommen und die Namen der Begünstigten zu lesen. Mit etwas Glück würde er auf einen Zusammenhang stoßen.

Das Flurlicht ließ er aus, um kein Aufsehen zu erregen. Zwar kam er sich dabei ein wenig so vor wie ein Einbrecher, doch das sollte ihm einerlei sein. Auch in den Büroräumen selbst knipste er lediglich eine Schreibtischlampe an. Im Halbdunkel suchte er nach den Akten, die er in Jürgens Büro vermutete. Dabei wurde er auf einen aufgeschlagenen Ordner aufmerksam, der auf dem Tisch des Chefs lag. Kowalski beugte sich darüber und erkannte an der Vorgangsnummer, dass sich Jürgen wohl noch kurz vor Feierabend mit dem Saurierfall beschäftigt hatte.

Kowalski wollte darüber hinweggehen, als er an einer flüchtig gelesenen Zahl hängenblieb. Er sah noch mal genauer hin – und bekam große Augen: Die Versicherungssumme für die vermissten Fährten belief sich nicht wie angenommen auf vierzehn, sondern auf stattliche zwanzig Millionen Euro!

„Donnerwetter!", rief Kowalski aus. Hektisch blätterte er in der Akte und entnahm dem abgelegten Schriftverkehr, dass Jürgen sich auf die Aufstockung der Summe unmittelbar vor dem Diebstahl eingelassen hatte. Somit fiel der Verlust für die HVN noch wesentlich höher aus als angenommen.

Kowalski fragte sich, warum Jürgen kein Sterbenswörtchen über die Aufstockung der Summe verloren hatte, doch den Grund dafür konnte er sich durchaus denken: Die Sache war dem Chef viel zu peinlich, als dass er sie mit den Kollegen diskutieren wollte. Denn für den nun weitaus höheren Schaden konnte er niemanden anderen verantwortlich machen, sondern würde selbst den Kopf hinhalten müssen.

„Hmmm“, machte Kowalski. Seltsam war es trotzdem. Er entschloss sich, sich vom Saurierordner loszureißen, um die Akten zu suchen, wegen denen er eigentlich gekommen war, als er aus den Augenwinkeln eine schnelle Bewegung wahrnahm. Ehe er sich umdrehen konnte, fühlte er, wie ihn eine kräftige Hand im Genick packte. Gleichzeitig wurde ihm von einer zweiten Hand ein feuchtes Tuch vor den Mund gepresst. Ein intensiver, stechender Geruch stieg ihm in die Nase.

Chloroform, dachte er noch, dann begann sich die Welt um ihn zu drehen, bevor ein schwarzer Vorhang fiel und ihm das Bewusstsein raubte.

30

Zuerst nahm er nur Geräusche wahr: ein feines Läuten, ähnlich wie das eines Glockenspiels. Als nächstes kehrte sein Geruchssinn zurück: Es roch nach Zigarettenqualm, oder nein, mehr nach Räucherstäbchen.

Zuletzt gelang es Kowalski, seine Augen aufzuschlagen. Das Resultat blieb jedoch bescheiden, denn er konnte seine Umgebung nur wie durch einen Nebelschleier wahrnehmen.

Er hatte das Gefühl, dass seine Augäpfel unter Druck standen, dass sie geweitet waren und irgendeine Substanz die Funktionsfähigkeit seiner Pupille beeinträchtigte. Er konnte bloß verschwommene Konturen erahnen und die Grundfarben unterscheiden. Aus diesen vagen Eindrücken, verbunden mit den Geräuschen und Gerüchen, schloss er, dass er sich in einer asiatisch anmutenden Umgebung aufhielt. Einem Chinarestaurant vielleicht?

Seltsamerweise fühlte sich Kowalski entspannt und verspürte nicht die geringste Angst. Wie er feststellte, lag er ausgestreckt auf einer gepolsterten Liege. Er ertastete den Stoff eines Kopfkissens; es fühlte sich wie Seide an.

Als er eine schattenhafte Gestalt auf sich zukommen sah, blieb er immer noch ruhig und gelassen. Aus den Umrissen konnte er schließen, dass es sich um eine Frau mit einem hellen Mantel oder Umhang handelte. Ihre Haare waren dunkel, fast schwarz. Ihr Körper verströmte einen exotisch süßlichen Duft.

Die Frau beugte sich über ein Tischchen unweit seiner Liege. Er hörte das leise Klirren von Porzellan, das entsteht, wenn eine Tasse auf einen Unterteller gestellt wird, gefolgt von einem feinen Plätschern. Als ihm die Tasse gereicht wurde, stieg ihm die feuchtwarme Hitze einer würzigen Teemischung in die Nase.

Obwohl Kowalskis Verstand ihm sagte, dass er gegen seinen Willen an diesen Ort verschleppt worden war und allen Grund zur Panik haben sollte, wog er sich in absoluter Sicherheit. Er fühlte sich entspannt und rundum wohl.

Dankend nahm er die Tasse Tee entgegen und kostete einen Schluck. Er registrierte einen angenehm aromatischen Geschmack, frei von den bitteren Noten der Teebeutelsorten, die er für gewöhnlich konsumierte.

Kowalski wollte seinen Kopf wieder auf das Seidenkissen betten, um sich diesem wahr gewordenen Traum der Rundumverwöhnung vorbehaltlos hinzugeben. Da trat eine weitere Figur in Erscheinung: größer als die Frau, dunkel gekleidet, herannahend in langsamen geschmeidigen Bewegungen.

Kowalski richtete sich auf und musterte freundlich gestimmt den Neuankömmling. Erst als dieser ganz dicht vor ihm stand, konnte er das Gesicht eines Mannes erahnen. Zwar war es ihm nicht möglich, die Gesichtszüge zu fokussieren, doch immerhin erkannte Kowalski, dass der Mann einen ungewöhnlichen Bart trug. Lang und dünn, der Ziegenbart eines Chinesen, so wie er in klischeebehafteten Darstellungen früherer Epochen gern gezeichnet wurde.

Der Mann strahlte eine Aura aus, die Kowalski unter normalen Umständen als furchteinflößend bezeichnet hätte, aber in seiner jetzigen Verfassung als völlig harmlos einstufte. Er lauschte gelassen den Worten des Chinesen: „Sie können nicht behaupten, man hätte Sie nicht gewarnt“, sagte der Mann mit einer Stimme, die Kowalski als warm und herzlich wahrnahm, auch wenn sie in Wahrheit rau und kalt klingen mochte. „Wir haben es mit dezenten Hinweisen versucht. Denken Sie an die Glückskekse. Aber Sie waren nicht empfänglich für unsere Botschaften. Daraufhin wurden wir konkreter. Wir haben es krachen lassen, im wahrsten Sinne des Wortes. Sie erinnern sich an die Schüsse auf dem Garagenhof? Das waren Platzpatronen. Doch auch diese Warnung blieb wirkungslos. Anstatt dorthin zu gehen, woher Sie gekommen sind, setzten Sie sich in Hameln fest und machten einfach weiter."

Kowalski nickte lächelnd. Der Chinese hatte ja so recht! Er sprach ihm aus der Seele. Längst hätte er nach Hannover zurückkehren sollen. Er nahm sich vor, diesen überfälligen Schritt nachzuholen, sobald er diese asiatische Wellnessoase verlassen hatte. Aber das hatte Zeit - erst einmal wollte er weiter die angenehme Atmosphäre genießen und ausspannen.

„All unsere Maßnahmen sind verpufft, Sie haben sich als immun gegenüber der Androhung von Gefahr erwiesen. Aus diesem Grund ändern wir unsere Strategie."

Kowalski lächelte erneut. Er freute sich darauf, dass der nette Chinese eine Überraschung für ihn vorbereitet hatte und war neugierig wie ein Kind.

„Danke", sagte er mit einer Stimme, die ihm selbst fremd vorkam.

„Wie heißen Sie eigentlich?"

Der Chinese kam noch näher. Und für den Moment glaubte Kowalski, trotz des Bartes und seiner weit in die Stirn hängenden Haare das Gesicht des Mannes zu erkennen. Doch der Moment war zu kurz, um sich sicher sein zu können.

„Mein Name ist ..." Der Chinese legte eine dramaturgische Pause ein, die Kowalski eine angenehm prickelnde Gänsehaut über den Rücken fahren ließen. „Mein Name ist Dr. Fu Man Chu."

„Es ist mir eine Ehre", sagte Kowalski und hörte, wie seine Stimme in seinem Kopf widerhallte.

„Trinken Sie Ihren Tee aus", wies ihn Fu Man Chu an, was Kowalski bereitwillig befolgte. „Wir versuchen es nun mit Biochemie. Dabei können wir auf althergebrachte Substanzen aus Zentralchina, meiner Heimat, zurückgreifen. Die Droge, unter der Sie momentan stehen, erzeugt Glücksgefühle und unterdrückt gleichzeitig Angst und Beklemmungen."

„Ja", sagte Kowalski höchst zufrieden. „Wie schön."

„Dagegen enthält der Jasmintee, den Sie gerade trinken, ein Mittel mit gegenteiliger Wirkung. Es wird Sie zunächst betäuben und Sie dann - wenn es von Ihrem Blutkreislauf und den Hirnströmen Besitz ergriffen hat - in einen komatösen Zustand versetzen, aus dem Sie nicht wieder erwachen werden. Wir setzen Sie an einem Straßenrand aus oder im Wald. Man wird Sie finden und von einem Schlaganfall ausgehen."

Kowalski hörte die Worte des Chinesen, verstand ihre Bedeutung und freute sich dennoch unbändig. Diese Leute waren so nett zu ihm! Er empfand tiefste Dankbarkeit. Genussvoll trank er seinen Tee aus. Er legte sich zurück aufs Kissen und seufzte zufrieden. Er schloss die Augen und fiel in einen tiefen Schlaf.

31

Jegliches Glücksgefühl war verflogen, als er mit böse brummendem Schädel wieder erwachte. Kowalski fühlte sich, als wäre er geradewegs aus dem luftigen Himmel auf die harte Erde gefallen. Ungebremst und ohne Fallschirm. Jeder Knochen tat ihm weh, und als er an seinem Körper hinabschaute, stellte er fest, dass es gute Gründe dafür gab. Seine Kleider waren verdreckt, hatten Löcher und die rote Verfärbung an Armen und Knien führten ihm vor Augen, dass er sich verletzt hatte. Bloß wobei?

Kowalski schaute sich fahrig um: Er lag auf einem Untergrund, der aus mit Ästen und Steinen versetztem Moos bestand. Er sah sich halb von Farnen bedeckt, und über ihm wuchsen Fichten und Lerchen in die Höhe.

Trotz seiner Schmerzen versuchte er, klare Gedanken zu fassen: Wo war er? Wie war er hierhergekommen? Und was war überhaupt passiert?

Es dauerte eine Weile, bis die Erinnerungen an den seltsamen Aufenthalt in Dr. Fu Man Chus Teestube zurückkehrten. Während er auf dem klammen Waldboden lag und seine Knochen zählte, versuchte er zu rekapitulieren: Man hatte ihn aus dem HVN-Büro entführt, ihn betäubt und ihm eine berauschende Substanz eingeflößt. Er war erwacht, hatte kurze Momente des absoluten Glücks empfunden, um gleich darauf die nächste Droge verabreicht zu bekommen. Diesmal eine, die ihn für alle Zeiten außer Gefecht setzen sollte.

Doch - diese zweite Droge hatte ihre beabsichtigte Wirkung nicht erzielt, stellte Kowalski mit ungeheurer Erleichterung fest. Ob er sie in zu geringer Dosis zu sich genommen hatte? Ihm konnte es nur recht sein. Denn die Hauptsache war, dass er lebte. Und wie er lebte!

Kowalski rappelte sich auf, strich sich Tannennadeln, Flechten und Erdkrumen von den Hosen und blickte sich um. In welchem Wald mochte man ihn ausgesetzt haben? Er würde es herausfinden, sobald er einen Waldweg und damit die menschliche Zivilisation aufgestöbert hätte. Doch in welcher Richtung sollte er sein Glück suchen?

Während er noch abwog, in welche Himmelsrichtung er gehen sollte, wurde er auf ein eigentümliches Geräusch aufmerksam. Es klang wie das Rauschen des Windes, allerdings kam es nur aus einer Richtung. Es ebbte ab, um gleich darauf wieder anzuschwellen. Im gleichen Moment hörten die Vögel auf zu zwitschern.

Ein eiskalter Schauder lief ihm den Rücken herunter. Was war hier los? Er starrte in die Richtung, aus der das Rauschen gekommen war, konnte jedoch nichts erkennen. Dafür aber etwas hören! Eine Art Getrappel. Schnell anschwellend, wie die Hufe einer Büffelherde, die auf ihn zuraste.

Kowalski, starr vor Angst, sah unverwandt weiter in dieselbe Richtung: Obwohl die Geräusche immer lauter wurden und er spürte, wie der Boden unter seinen Füßen zu beben begann, war noch immer nichts auszumachen. Der Wald lag unbewegt vor ihm, Baum an Baum, Busch neben Busch.

Erst als sich das Getrappel zu einem einzigen ohrenbetäubenden Dröhnen vereinte, erkannte er die Quelle der Unruhe – und konnte es kaum fassen!

Ein echsenartiges Tier stürmte auf ihn zu. Die Konturen des Riesen, der auf zwei muskulösen Beinen wieselflink zwischen den Baumstämmen hindurchpreschte, ließen auf seine enorme Kraft und Größe schließen: drei oder vier Meter, schätzte Kowalski.

Ein Saurier! Kowalski wollte es nicht glauben. Aber all seine Sinne belehrten ihn eines Besseren. Eine dieser fleischfressenden Urzeitbestien hatte überlebt. Wie auch immer! Fest stand: Sie war hinter ihm her, trachtete nach seinem Leben – und kam schnell näher! Ihm blieb nur eines: die Flucht!

Er lief so schnell ihn seine Beine trugen. Untrainiert, wie er war, reichte das nicht aus. Er atmete hektisch, seine Lungen brannten wie Feuer. Auf dem unebenen Boden geriet er immer wieder ins Stolpern.

Angstvoll sah er sich um. Sein Vorsprung schmolz mehr und mehr dahin. Sein Jäger holte schnell auf. Doch das durfte er nicht zulassen. Er wollte keine Beute sein. Er wollte nicht sterben!

Kowalski suchte nach einem Ausweg. Ein Unterschlupf, in den er sich vor seinem Verfolger flüchten konnte. Irgendwohin, nach links oder rechts in den Wald. Denn die Bäume würden ihm Schutz bieten. Zwischen den Stämmen müsste der Jäger im Zickzack laufen, das würde ihn bremsen.

Ja, dachte Kowalski und schöpfte frischen Mut. Im dichten Fichtenwald mit seinen mannshohen Farnen hätte er eine Chance, den anderen abzuschütteln. Vielleicht würde er sogar auf eine Höhle stoßen, in der er sich verstecken könnte.

Wieder blickte er sich um. Keine zwanzig Meter trennten ihn mehr von seinem Verfolger! Mit riesigen Sätzen hastete der Jäger ihm nach. Kowalski musste handeln. Jetzt sofort! Sonst wäre es aus mit ihm.

Er sprang über ein schmales Rinnsal. Landete auf weichem Untergrund, sackte mit dem linken Fuß ein, fiel der Länge nach hin, rappelte sich wieder auf und rannte. Rannte durchs Dickicht, riss sich die Hosenbeine an dornigem Geäst in Fetzen, umrundete Baum um Baum. Bis weit hinein in den Wald, der immer finsterer wurde, weil die Kronen das Sonnenlicht schluckten.

Kowalski war körperlich am Ende, ein fürchterliches Seitenstechen plagte ihn. Seine Hände und Beine schmerzten, die Haut von spitzen Ästen zerkratzt. Die Schwäche wurde übermächtig, zwang ihn zu einer Pause. Er blieb stehen, beugte sich schwer atmend vor, stützte sich auf den Knien ab.

Wie weit war er gelaufen? Hatte er den Verfolger abgeschüttelt? Denn der war zwar schnell auf geraden, hindernisfreien Strecken. Aber hier im Wald lagen die Vorteile bei Kowalski.

Diese wollte er unbedingt nutzen! Also weiter, stachelte er sich an. Er musste um sein Leben rennen! Kowalski hatte eine Chance, dieser Bestie zu entkommen. Denn der Wald bot ihm einen sicheren Unterschlupf. Hoffte er zumindest …

… und wurde im nächsten Moment dieser verzweifelten Hoffnung beraubt: Er hörte das Rascheln von Laub, das Knistern im Unterholz, das Knacken der Zweige. Der Jäger war ihm nach wie vor auf den Fersen! Er näherte sich mit unverminderter Wucht und Stärke: Statt sich, wie erwartet, beim Slalomlaufen um die Bäume zu verirren, ließ sich der Killer ausschließlich von seiner Witterung leiten. Folgte seinem Opfer wie ein Bluthund.

Der Jäger wich den Hindernissen nicht etwa aus, sondern walzte sie nieder! Büsche und kleine Bäume knickten unter dem Gewicht seines massigen Körpers ein, die mannsdicken Stämme stolzer Nadelhölzer bebten angesichts seiner unbändigen Energie.

Fassungslos beobachtete Kowalski das Spektakel, unfähig, sich auch nur einen einzigen Zentimeter weiter zu bewegen.

Als sein Gegner mit einem letzten gewaltigen Satz vor ihm zum Stehen kam, erzitterte der Boden. Es regnete Nadeln und Tannenzapfen.

Seinem Instinkt folgend, ließ sich Kowalski nach hinten fallen. Er rechnete damit, auf dem Waldboden aufzukommen, wollte sich anschließend beiseiterollen und in einem Busch Unterschlupf suchen. Doch stattdessen stürzte er in eine Vertiefung.

Er landete auf weicher Erde, die unter seinem Gewicht nachgab, einsackte, ins Rutschen geriet und ihn mit sich in die Tiefe riss.

Ein Erdloch, durchfuhr es Kowalski, während er rutschte, Halt suchte, keinen fand und weiter hinabglitt wie auf einer Rutschbahn, deren Ende nicht abzusehen war. Er musste den Zugang zu einem eingestürzten Bergwerkstollen erwischt haben, folgerte er, während er mit Armen und Beinen wedelte, um den Sturz abzubremsen.

Die Abwärtsfahrt setzte sich fort, bis Kowalski kantige Steine zu spüren bekam. Er wollte sie nutzen, um sich festzuhalten und den Teufelsritt zu beenden. Doch als er einen der Felsvorsprünge mit der Hand zu fassen bekam, schlug sein Hinterkopf gegen eine andere Felskante. Im selben Moment gingen bei ihm die Lichter aus.

32

Als er zu sich kam, hatte er so starke Kopfschmerzen, dass er am liebsten sofort wieder das Bewusstsein verloren hätte. Das höllische Stechen hinter seinen Schläfen überdeckte all die anderen Wehleiden seines geschundenen Körpers.

Zunächst war es ihm unmöglich, seine Augen aufzuschlagen, aus Angst, das Tageslicht könnte ihn blenden und den Kopfschmerz ins Unerträgliche steigern. Doch dann, völlig unvermutet, spürte er ein seidenweiches, kühles Tuch, das ihm in sanften Bewegungen über die Stirn gestrichen wurde.

Wer war das?

Kowalski blieb keine Wahl, wenn er sich ein Bild von seinem Retter machen wollte: Er musste die Augen öffnen!

Zunächst blinzelte er bloß, zwinkerte erst mit dem linken, dann mit dem rechten Auge. Er sah unscharfe Umrisse, erkannte viel Grün um sich herum. Er befand sich also immer noch im Wald, folgerte er.

Seine Sehkraft nahm rasch zu, auch konnte er seine Umgebung nach kurzer Zeit fokussieren und sogar Details wieder deutlich und scharf sehen.

Umso erstaunter war er, dass sein Retter gar kein Retter, sondern eine Retterin war: Ai Fang Wang, die geheimnisumwitterte Meisterin der Akupunktur!

Kowalski versuchte, sich gerade aufzusetzen. Abermals wurde er von seinen körperlichen Leiden in seine Schranken verwiesen. Die halsbrecherische Flucht durch den Wald hatte ihm einige böse Blessuren abgetrotzt. Doch wenigstens war er dem Ungetüm entkommen ... - Bei diesem Gedanken sah er sich ängstlich um.

„Ist es weg?", fragte er bang.

Ai Fang Wang bedachte ihn mit einem mitleidigen Lächeln. „Was meinen Sie?", fragte sie, wobei ihre schmalen Augen verrieten, dass sie durchaus eine konkrete Vorstellung von Kowalskis Ängsten hatte.

„Der ..." Er zögerte, denn je wacher sein Geist wurde, desto unwahrscheinlicher erschien ihm sein surreales Erlebnis zu sein. „Der Saurier? - Haben Sie hier in der Nähe ein sehr großes Reptil gesehen?"

Die Chinesin schürzte die Lippen und seufzte. „Es gibt keine Saurier, wenigstens heutzutage nicht mehr", sagte sie mit einer Miene, die ernsthafte Besorgnis ebenso ausstrahlte wie ein schlechtes Gewissen. Sie fuhr damit fort, Kowalskis schweißbenetzte Stirn abzutupfen und setzte zu einer Erklärung an: „Ich bin hier, weil ich die Machenschaften meines Freundes nicht länger unterstützen kann. Ich komme nicht mehr klar mit meinen Schuldgefühlen und kann es nicht ertragen, wie er mehr und mehr verroht. Aus meiner großen Liebe, einem Gentleman und Genie, ist nach und nach ein gewissenloser Verbrecher geworden. Kalt und gefühllos."

„Was haben Sie ... - was hat Ihr Freund mit mir gemacht?", fragte Kowalski stockend.

„Er hat Ihnen bewusstseinsverändernde Opiate verabreicht. Danach verfrachtete er Sie hierher, mitten in den Wald, und überließ Sie Ihren Albträumen. Er konnte sich ausrechnen, dass Sie über kurz oder lang in den Tod gestürzt wären oder sich auf Ihrer Flucht vor imaginären Bestien tödliche Verletzungen zugezogen hätten. Wenn man Ihre Leiche gefunden hätte, wäre keine Spur eines Fremdverschuldens zu finden gewesen. Man hätte angenommen, dass Sie den Verstand verloren und sich Ihre Verletzungen selbst zugefügt hätten."

„Aber wieso?", fragte Kowalski mit trockener Kehle. „Wozu dient dieser ganze Wahnsinn? Wer wünscht meinen Tod – und warum?"

Ai Fang Wang seufzte erneut, diesmal tiefer und herzergreifender. „Es geht um Geld, um sehr viel Geld. Sie haben durch Ihre Anwesenheit und Ihre Nachforschungen einen Plan gefährdet, der von meinem Freund über eine lange Zeit sorgfältig vorbereitet worden war. Sie sind ihm in die Quere gekommen. Deswegen wollte er dafür sorgen, dass Sie verschwinden. Als Erstes haben wir es mit Warnungen versucht."

„Die Glückskekse, später die Schüsse", folgerte Kowalski matt.

„Ja, das wissen Sie ja inzwischen. Auch mich hat er dafür eingespannt: Ich sollte Ihnen auf die sanfte Tour beibringen, dass es besser für Sie wäre, Hameln zu verlassen und zurück nach Hannover zu gehen." Sie schluchzte und vergrub ihr Gesicht in ihren Handflächen.

„Aber als das nicht klappte, wurde er wütend und beschuldigte mich, dass ich mich nicht genug angestrengt hätte. Er plante immer schlimmere Dinge, und als ich ihm widersprach, schlug er mich. So musste ich ihm weiter gehorchen", erklärte sie jammernd.

„Doch nun weiß ich: Das alles war ein Fehler, ein furchtbarer Fehler! Ich schäme mich so sehr."

„Wie heißt Ihr Freund?", fragte Kowalski und ahnte: „Ist es ..."

„Ja", antwortete Ai Fang Wang. „Es ist Dr. Fu Man Chu."

Kowalski nickte wissend, denn nun meinte er endlich erkannt zu haben, wer sich hinter diesem Fantasienamen verbarg.

Ai Fang Wang fuhr Kowalski in einem klapprigen Nissan Micra, den sie am Waldrand geparkt hatte, zurück nach Hameln. Auf der zwanzigminütigen Fahrt juckte es ihn in den Fingern, Nele anzurufen und ihr zu berichten, was ihm widerfahren war. Dass er es nicht tat, lag einzig und allein daran, dass sein Ehrgeiz ihn gepackt hatte: Er wollte sich nicht in der Phase einer Niederlage bei seiner Frau melden, sondern als verdienter Sieger. Als derjenige, der den wohl kniffligsten Fall in der Geschichte der HVN gelöst und abgeschlossen hatte.

Um diesen Triumph jedoch auskosten zu können, musste er Fu Man Chu erst einmal erwischen. Die Chancen dafür standen – da war er sich mit Ai Fang Wang einig – am besten in den Büroräumen der HVN-Niederlassung Hameln.

Die Dämmerung war weit fortgeschritten, als der Micra vor dem Geschäftshaus vorfuhr. Kowalski wies seine vor Angst und Sorge zitternde Fahrerin an, im Wagen auf ihn zu warten, während er bereit und willens war, nun doch noch den Helden zu spielen.

Kowalski drehte den Schlüssel im Schloss der Bürotür und stieß sie auf. Er ertappte jemanden auf frischer Tat dabei, wie er in sichtlicher Hektik Aktenmaterial und Datenträger in einem Aktenkoffer verstaute. Diese emsige Tätigkeit beendete er abrupt, als er sich Kowalskis Gegenwart gewahr wurde.

„Guten Abend, Dr. Fu Man Chu!“, rief Kowalski mit fester Stimme. Dabei war es ihm völlig gleichgültig, wie armselig er in seiner zerfetzten und von Dreck und

Blut strotzenden Kleidung aussehen mochte. „Alle Achtung und Kompliment! Das bisschen Theaterschminke und die schwarzen Seidenumhänge allein hätten mich vielleicht nicht überzeugt, aber Sie haben Ihre Rolle auch meisterlich gespielt. Ich habe Sie - zumindest in Trance - wirklich für einen chinesischen Großmeister gehalten." Er lachte rau. „Dr. Fu Man Chu und sein Streben nach der Weltherrschaft - was für ein perverser Schwindel!" Kowalski ging mit wenigen schnellen Schritten auf den völlig verblüfften Mann mit den Akten zu und packte ihn an den Schultern. „Warum hast du das getan? Was willst du erreichen? Geht es dir nur ums Geld? Wie willst du denn überhaupt an die Kohle rankommen?", löcherte er sein Gegenüber. „Sag schon: Wie sieht dein großer Plan aus, Jürgen?"

Jürgen blickte ihn mit dem gleichen Ausdruck an, mit dem er sonst seine Extraportion Parmesan bestellte und antwortete mit gewohnt gleichmütiger Stimme: „Wie mein Plan aussieht? Genau *so*!" Mit diesen Worten holte er mit seiner Rechten aus und hieb sie Kowalski mit voller Wucht in den Magen.

Dieser ging stöhnend in die Knie. Wohl doch nicht zum Helden geboren, dachte er nach Luft japsend.

33

„Haben Sie ihn gesehen?“, fragte Kowalski außer Atem, als er an Ai Fang Wangs Wagen ankam. „Wo ist er hingelaufen?“

Die Chinesin deutete mit zitternder Hand auf einen Wagen, der wenige Meter vor ihnen aus einer Parklücke scherte. „Er hatte es sehr eilig.“

„Das sehe ich auch!“, gab Kowalski ungehalten von sich und schnallte sich an. „Treten Sie aufs Gas und folgen Sie ihm!“

Beide Wagen rasten über Kastanien- und Ostertorwall. Ai Fang Wang hatte Mühe, in ihrem Micra mit Jürgens weitaus besser motorisiertem Mercedes mitzuhalten.

„Wo will er hin?“, fragte Kowalski.

„Ich weiß es nicht“, jammerte Ai Fang Wang.

„Sie sind seine Freundin. Sie *müssen* es wissen!“

Jürgen bog in die Mühlenstraße ab.

„Denken Sie nach!“, rief Kowalski gegen das blecherne Dröhnen des Nissan-Motors an. „Welchen Weg hat er für seine Flucht vorgesehen?“

„Ich habe keine Ahnung, wirklich!“

Der Mercedes schnitt die Kurve, als er in die Hafenstraße abbog.

„Hier kommt er nicht mehr weit!“, rief Kowalski. „Was macht das für einen Sinn? Wo will er hin?“

„Zum Hafen!“ Ai Fang Wang wurde noch nervöser. „Er will zu der Saurierfährte!“

„Wieso Saurierfährte? Was soll denn das bedeu …“ Kowalski unterbrach sich selbst, als er zu begreifen begann. Offenbar versuchte Jürgen, das wichtigste Gut seines Coups zu sichern - die Obernkirchner Trittsiegel!

Kowalski zählte eins und eins zusammen und folgerte, dass die gestohlene Sandsteinplatte offenbar still und heimlich an Bord eines im Hamelner Hafen vertäuten Frachters verladen worden war. Einem Hafen, dessen Güterumschlagsbetrieb seit vielen Jahren in einem Dornröschenschlaf lag und sich somit ideal für Jürgens illegale Zwecke nutzen ließ.

In der fortschreitenden Dunkelheit tauchten die klotzigen Silhouetten der alten Wesermühlen vor ihnen auf. Kowalski trieb seine Fahrerin zur Eile, doch bald hatten sie den Mercedes auf dem schlecht beleuchteten, unübersichtlichen Hafengelände aus den Augen verloren.

„Wahrscheinlich hat er sein Licht ausgeschaltet", mutmaßte Kowalski, als er sich vorbeugte und Löcher in die Finsternis starrte. „Verdammt!"

„Was sollen wir tun?", fragte Ai Fang Wang und klang eingeschüchtert.

„Wissen Sie denn nicht, wo der Frachter mit den Spuren liegt?", fragte Kowalski eine Spur zu aggressiv. Als die Chinesin die Schultern zuckte, sagte er: „Egal, der Hafen ist klein und übersichtlich. Hier gibt es nur ein paar Hausboote und Rundfahrtschiffe. Wir werden das Versteck Ihres Freundes schon finden."

Kowalski wies seine Begleiterin an, möglichst dicht an die Kaimauern heranzufahren. Vor ihnen glitzerte die lackschwarze Weser im fahlen Mondlicht. Kowalski stieg aus, spürte die feuchtwarme Nachtluft und näherte sich vorsichtig der Uferbegrenzung.

Während er das Becken des Schutzhafens langsam und sorgfältig mit seinen Blicken absuchte, ärgerte er sich über sich selbst. Warum hatte er so lange Scheuklappen getragen und nicht erkannt, was sich direkt vor seiner Nase abgespielt hatte? Wie hatte er es zulassen können, dass ein Versicherungsbetrug dieser Größenordnung unmittelbar vor seinen Augen Gestalt annahm? War er tatsächlich dermaßen realitätsblind?

Er ging langsam weiter, spähend, lauernd, bereit, die Fährte aufzunehmen. Er dachte über Jürgens tollkühnen Plan nach: Als Versicherungsgeber selbst in die Rolle des Schädigers zu schlüpfen, war ebenso unorthodox wie unverfroren. Jürgen hatte sich im Rahmen seiner Tätigkeit für die HVN ganz legal und unauffällig nach einer wirklich lohnenden Beute umgesehen und zugeschlagen, als sich die Chance ergab. Wie auch immer er es bewerkstelligt haben mochte, so war es ihm offenbar gelungen, die wertvolle Sandsteinplatte von Obernkirchen nach Hameln zu transportieren und sie an Bord eines Flussschiffes zu verladen. Von hier aus sollte die Reise sicherlich schon bald weitergehen. In einen der großen Häfen, danach nach Übersee, womöglich wirklich bis nach China.

Kowalski, in gewisser Weise beeindruckt von der kriminellen Energie des so bieder und vor allem träge wirkenden Niederlassungsleiters, suchte das Hafenbecken weiter nach einem infrage kommenden Kahn ab. Vergebens.

Er drehte sich um, sah, dass Ai Fang Wang noch immer verängstigt und wie angewurzelt im Auto saß, und überlegte, was zu tun war. Von seinem momentanen Standort aus konnte er nichts ausrichten, außer Löcher in die Luft zu starren. Wenn er sich einen Überblick verschaffen wollte, musste er irgendwo hochsteigen. Aber wo?

Der alte Getreidesilo erschien ihm wenig tauglich. Er sah sich weiter um, bis sein Blick auf einem Lastenkran haften blieb. Auch dieser war längst in die Jahre gekommen und wirkte nicht gerade vertrauenerweckend. Ein düsteres Gerippe aus verrotteten Metallstreben. Aber es sollte einen Versuch wert sein, ihn sich aus der Nähe anzugucken.

Langsam wie eine Katze auf der Pirsch näherte er sich dem Kran. Die hoch aufragende Stahlkonstruktion erwies sich als noch maroder als aus der Entfernung angenommen. Die Armierungen waren vom Rost zerfressen und einige der Sprossen, die zum Führerhaus hinaufführten, schienen gebrochen zu sein. Dennoch wagte Kowalski den Aufstieg. Vorsichtig nahm er Stufe um Stufe.

Auf halber Höhe zur Kranführerkanzel machte er Halt und betrachtete die Umgebung. Obwohl er sich erst fünf oder sechs Meter über dem Boden befand, hatte sich sein Blickfeld deutlich vergrößert. Er konnte nun das gesamte Hafenbecken überblicken, sah die vor sich hin dümpelnden Sportboote, ebenso zwei Personenschiffe der Rundfahrtflotte. Was er nicht sah, war ein Frachter. In welchem finsteren Winkel der Hafenanlage mochte Jürgen den Transporter vertäut haben, fragte er sich.

Kowalski blieb nichts anderes übrig, als noch höher zu steigen. Behutsam prüfte er jede Sprosse auf ihre Tragfähigkeit und ließ Schritt für Schritt die letzten Meter bis zum Führerhaus hinter sich.

Kurz bevor er sein Ziel erreicht hatte, sah er noch einmal nach unten. Das hätte er besser nicht tun sollen, denn unvermutet packte ihn ein starkes Schwindelgefühl. Kowalski wollte seinen Blick gleich wieder auf die Leiter richten, um den Anflug von Höhenangst im Keim zu ersticken. Doch in dieser Sekunde wurde ihm gewahr, dass er etwas entdeckt hatte. Unbewusst zunächst und nur aus den Augenwinkeln. Aber er musste zwingend noch einmal hinsehen, um sich Gewissheit zu verschaffen.

Mit beiden Händen fest an die Sprossen geklammert, wagte er einen weiteren Blick in die Tiefe. Und tatsächlich, er hatte sich nicht getäuscht: In einer dunklen Ecke, kaum beleuchtet vom ohnehin schwachen Licht auf dem verwaisten Areal, stand Jürgens Mercedes! Er hatte ihn ganz dicht an den Rand einer Verladerampe der Wesermühlen gefahren.

Damit hatte Kowalski Gewissheit, dass sich Jürgen auf dem Gelände aufhielt. Doch wo mochte er stecken, wenn sein Schiff weit und breit nicht zu sehen war?

Die Antwort folgte auf den Fuß: Mit einem hässlichen Quietschen wurde die Kabinentür dicht über Kowalskis Kopf aufgerissen. Dabei erschrak er so sehr, dass er beinahe den Halt verlor. Kowalski wollte seinen Augen nicht trauen, als er gleich darauf Jürgens Kopf auftauchen sah.

„Ach du Sch …", platzte es aus Kowalski heraus, und er spürte, wie sein Herz pumpte. Von einer Sekunde auf die nächste hatte sich seine Situation vollkommen verändert. Bis eben fühlte er sich in der überlegenen Position des Jägers. Wie aus einem Adlerhorst heraus hatte er die Umgebung sondiert, war darauf eingestellt, jederzeit agieren und Jürgen festsetzen lassen zu können. Denn hätte er ihn erspäht, wäre es ein Leichtes gewesen, zum Handy zu greifen und die Polizei zu verständigen. Aber jetzt? Alles war anders! Jürgen befand sich in der vorteilhafteren Lage. Nichts, rein gar nichts, konnte Kowalski gegen ihn ausrichten!

Jürgen schien sich dem vollauf bewusst zu sein. Er beugte sich aus dem Führerhaus, ein hämisches Grinsen stand in seinem Gesicht. „Du bist ja so blöd, Kowalski!", rief er. „Statt dich einfach mal zurückzunehmen und den Dingen ihren Lauf zu lassen, musst du dich weiter einmischen. Wenn ich eines hasse, dann ist es ein Ehrgeizling wie du! Kein Wunder, dass sie dich in Hannover los sein wollten."

Kowalski, noch immer bass erstaunt über Jürgens plötzliches Erscheinen, sicherte seinen Halt, indem er die Absätze seiner Schuhe fest auf die Stufen presste. „Was treibst du für ein Spiel? Was hast du mit den Saurierspuren vor? Wo liegt das Schiff, auf dem du sie fortschaffen willst?", brüllte er den über ihm Stehenden an.

Jürgen behielt sein überlegenes Grinsen bei, als er zu Kowalski heruntersah. „Sind das nicht etwas viele Fragen auf einmal? Um deine Neugierde zu stillen: Es gibt kein Schiff. Die Fährte zum Hafen habe ich nur gelegt, um die Fahndung zu erschweren und von meinem eigentlichen Vorhaben abzulenken."

„Kein Schiff?" Nun begriff Kowalski gar nichts mehr. „Wo sind die Spuren denn sonst?"

„Diese Spuren interessieren mich einen Dreck! Ich habe sie noch in derselben Nacht, als sie ausgefräst wurden, schreddern lassen. Warum sollte ich mich denn mit dieser unhandlichen Steinplatte herumplagen?"

„Aber …" In Kowalskis Kopf jagte ein Fragezeichen das nächste.

„Du blickst nicht durch, was?" Jürgen lachte höhnisch. „Sehe ich etwa aus wie ein Fossilienschmuggler? Ich bin Versicherungskaufmann – und wie heißt es doch so schön: Schuster, bleib bei deinen Leisten. Daran habe ich mich immer gehalten."

Die Lösung lautete Versicherungsbetrug, folgerte Kowalski und spürte, wie seine Hände vom festen

Klammergriff zu schmerzen begannen. „Das Zerstören der Sandsteinplatte, der Tod von Susi und wohl auch der von Andrea – für all das trägst du die Verantwortung? Und all das Unheil diente dem Zweck, an die Versicherungsgelder der HVN zu kommen? Aber wie …“

„Wie ich es anstelle, dass die Millionen auf mein Konto fließen anstatt auf das der Begünstigten? Ja, mein Lieber, das war der leichteste Teil der Übung. Ich habe dafür gesorgt, dass die Auszahlungen nicht direkt erfolgten, sondern einen Umweg über die Bank unserer Niederlassung in Hameln nahmen. Und mit meinen Rechten als Handlungsbevollmächtigter war es nicht allzu schwierig, den Geldfluss noch einmal umzulenken.“ Er schob den Ärmel seiner Jacke zurück und sah auf die Uhr. „Inzwischen dürfte der Transfer auf die Bahamas gelaufen sein. Übrigens bald meine neue Heimat. Den Büroleiterposten in Hameln gebe ich auf. Möchtest du ihn übernehmen?“ Wieder lachte Jürgen. Diesmal rau und gemein. „Ach, nein, das hätte ich ja fast vergessen: Du kannst den Job leider nicht haben. Denn du bist ja gleich ein toter Mann.“

Kowalski erstarrte vor Schreck. „Jürgen! Rede keinen Unsinn! Willst du dir einen weiteren Mord aufhalsen?“

„Auf einen mehr oder weniger kommt es nicht mehr an, oder? Wie sonst könnte ich es verhindern, dass du mir immer wieder in die Parade fährst? Dir traue ich es zu, mir bis auf die Bahamas nachzujagen.“ Er hob seinen rechten Fuß an und ließ ihn dicht über Kowalskis Händen schweben.

„Nein!“, schrie Kowalski. Die nackte Panik erfasste ihn, als er im blinden Aktionismus einen Notabstieg probieren wollte. Der Fluchtversuch wurde im Keim erstickt, als schon die nächsttiefere Leitersprosse unter seinem wilden Getrete nachgab und brach. Er hing in der Luft und blieb Jürgens Willkür ausgeliefert - auf Gedeih und Verderb!

„Zum Abhauen ist es zu spät", ätzte Jürgen. „Hättest du dir früher überlegen müssen."

„Nein!", rief Kowalski erneut und suchte verzweifelt nach Halt. „Das kannst du nicht tun!"

„Doch, das kann ich. Und nun: Sag zum Abschied leise Servus", forderte Jürgen ihn mit beißender Ironie auf.

Kaum hatte Jürgen ausgesprochen, brach der helllichte Tag über sie hinein. Jürgen hielt sich geblendet die Hände vor die Augen, als das gleißende Licht mehrerer starker Scheinwerfer auf sie fiel. Im selben Moment dröhnte eine Lautsprecherstimme:

„ACHTUNG! ACHTUNG! POLIZEI!
DAS GELÄNDE IST UMSTELLT!
BEWEGEN SIE SICH NICHT!
WIR KOMMEN ZU IHNEN HINAUF!
LEISTEN SIE KEINEN WIDERSTAND!"

Als er packte, hätte er am liebsten seinen ganzen Hausrat mitgenommen und nichts in der Pyrmonter Straße zurückgelassen. In seiner momentanen Verfassung wollte er Hameln nur noch den Rücken kehren und nie mehr zurückkommen.

Aber das war illusionär und auch ungerecht. Illusionär deshalb, weil seine Chancen auf eine Rückkehr nach Hannover nun zwar deutlich gestiegen waren, er jedoch zumindest als Interimslösung die Niederlassung am Kastanienwall eine Weile führen musste. Und ungerecht deswegen, weil es die schöne und lebenswerte Stadt Hameln mit ihrer gemütlichen Altstadt und dem reizvollen Umland nicht verdient hatte, schmählich im Stich gelassen zu werden.

Dennoch beeilte er sich mit dem Packen, um alles für seinen Wochenendtrip nach Hause zu seiner Frau vorzubereiten und möglichst bald aufbrechen zu können.

Bevor er den Kofferdeckel schließen konnte, rief sie auch schon an!

„Nele, fein dich zu hören!", freute er sich. „Ja ja, ich komme pünktlich. Bin fast fertig mit dem Packen und sitze gedanklich schon hinterm Steuer. - Genau, wir gehen schön essen und reden über alles. Ja, ich weiß, dass du neugierig bist. Es gibt jede Menge zu erzählen. - Richtig: Meine Rettung habe ich Ai Fang Wang zu verdanken. Wenn sie nicht ihr Handy benutzt und einen Notruf abgesetzt hätte, wäre es für mich übel ausgegangen. Ich habe fahrlässig gehandelt, als ich Jürgen auf eigene Faust nachsetzen wollte. Da sind wohl mehrere Gäule gleichzeitig mit mir durchgegangen. Ich kann es im Nachhinein selbst kaum mehr nachvollziehen, weshalb ich so unvernünftig gehandelt habe. Schätze, dass ich mich von meiner eigenen Wut habe treiben lassen. - Was? Ja, natürlich! Jürgen sitzt hinter Schloss und Riegel! Er schweigt zwar wie ein Grab, aber er hatte mir gegenüber bereits genug ausgeplaudert, um ihn festsetzen zu können. Du fragst nach dem Geld? Ja, da hatten wir enormes Glück. Die Bank hatte die Transaktion auf die westindischen Inseln bereits vorbereitet, aber die zuständige Sachbearbeiterin wollte noch auf das Okay ihres Vorgesetzten warten, bevor sie den Knopf drückte. Dieses Zaudern hat der HVN etliche Millionen gerettet. - Was? Ja! Genauso sehe ich das auch: Jürgen hatte nie vor, die Saurierfährte zu stehlen und weiterzuverkaufen. Von Anfang an hatte er es nur auf die Versicherungssumme abgesehen. Sein erster Schritt bestand darin, die Deckung deutlich höher anzusetzen als von mir empfohlen. Als zweites sorgte er für ein zügiges Genehmigungsverfahren. Im dritten Schritt schmierte er einen der Arbeiter, der die Sandsteinplatte ausfräste, an Ort und Stelle zerstörte und die Reste wahrscheinlich auf einer der Abraumhalden des Steinbruchs entsorgte. Den Lohn, den Jürgen ihm dafür zahlte, verprasst der Mann übrigens gerade auf einem Kreuzfahrtschiff irgendwo in der Karibik. So weit so gut oder auch schlecht. Aber Jürgens Plan wies eine Lücke auf: Er hatte seine eigenen Mitarbeiter unterschätzt. Ehe er seine Idee zu Geld machen konnte, kam ihm Susi auf die Schliche. Was ihn dazu veranlasste, den nächsten Schritt zu gehen: Er wurde vom Versicherungsbetrüger zum Mörder, indem er Susi im Steinbruch auflauerte und eine Geröllawine auf sie losließ. Sein Plan wurde allerdings gleich darauf noch einmal gefährdet, denn dummerweise hatte Susi ihren Verdacht gegen ihn in einem Tagebuch festgehalten, das Andrea in die Hände fiel. Zumindest musste er das annehmen, denn warum sonst sollte Andrea plötzlich so aus dem Häuschen gewesen sein. Jürgen konnte nichts riskieren: Also musste auch sie aus dem Weg geräumt werden. Die Polizei geht inzwischen davon aus, dass Jürgen ihren Wagen in der scharfen Kurve geschnitten und damit ihren Unfall verursacht hat. – Als nächstes wäre ich an die Reihe gekommen, denn es hat zwar eine Weile gedauert, bis ich eins und eins zusammengezählt hatte, aber schließlich habe ich ihn durchschaut. Jürgen wollte mich mit seiner Wahnsinnsdroge in den Tod treiben. Dank seiner Freundin ist es zumindest bei diesem Mordplan bloß beim Versuch geblieben. – Was er mit der China-Masche bezweckte? Bloßer Unfug, sagst du? Nein, ganz und gar nicht! Ich finde, dass die Geschichte um Dr. Fu Man Chu ein wirklich genialer Schachzug war. Womit ich die Sache natürlich nicht billige. Jürgen hat ein wahres Feuerwerk der Ablenkung gezündet, sozusagen einen ganzen Haufen Chinaböller. Die Spur in Richtung Fernost war so schillernd und bizarr, dass sie alle Aufmerksamkeit auf sich zog. Ich muss zugeben, dass ich selbst viel zu fasziniert von der Exotik dieser falschen Fährte war, um einen Gedanken daran zu verschwenden, mit meinen Recherchen erst einmal im eigenen Büro zu beginnen. Durch den Einsatz seiner Freundin, aber auch durch kleine Details wie die Glückskekse, hat Jürgen einen glaubhaften Rahmen für sein Ablenkungsmanöver geschaffen. Ich bin ihm voll auf den Leim gegangen ...“

Nun aber nichts wie weg, trieb sich Kowalski selbst zur Eile, nachdem er seine Frau am Telefon mehr oder weniger abgewürgt hatte. Er klappte den Koffer zu und hetzte zur Tür. Den Türgriff bereits in der Hand, bremste ihn das Klingeln des Telefons erneut aus.

„Was will Nele denn jetzt noch? Kann sie nicht abwarten, bis ich bei ihr bin?“, ärgerte er sich über die neue Verzögerung.

Anstelle seiner Frau meldete sich Michael: „Hallo, Kowalski. Oder sollte ich jetzt Chef sagen? - Ich habe hier eine Anfrage liegen. Wäre besser, wenn du selbst mal einen Blick darauf wirfst, bevor ich dem Kunden zu- oder absage. Ein etwas ungewöhnlicher Fall: Es handelt sich um einen Pianisten, der seine Hände versichern lassen will. Ihm schwebt eine Versicherungssumme von zwei Millionen Euro vor. Was meinst du dazu, Chef?“

Kowalski stöhnte und stellte den Koffer ab. „Okay, das ist in der Tat knifflig. Ich werde auf einen Sprung im Büro vorbeikommen und einen Blick darauf werfen. Aber viel Zeit habe ich nicht.“

„Gut, Chef. Ich lass dir schon mal 'ne Tasse Kaffee raus.“

Danksagung

Danken möchte ich den „üblichen Verdächtigen“: meiner Frau Susanna und Schwägerin Sabine sowie meinen Eltern Dietlind und Peter Beinßen. Von Anfang an begleitet hat mich bei diesem Projekt Dr. Uwe Meier. Dank für wertvolle fachliche Tipps gehen an Gundel und Dr. Dieter Johannes. Außerdem danke ich Markus Burkhardt für die Einblicke ins Versicherungswesen, die in diesem Roman freilich sehr überspitzt dargestellt werden. Und ich danke Heiko Tadge, der mich auf die spektakulären Ausgrabungsfunde in Obernkirchen aufmerksam machte.

Großen Dank nicht zuletzt an Dewezet-Redakteurin Kerstin Hasewinkel, durch deren Unterstützung Hameln während der Recherche und des Schreibens für mich immer in greifbarer Nähe blieb.

Dieser Roman entspringt meiner Fantasie und ist – inklusive der handelnden Personen und Unternehmen – reine Fiktion. Die Obernkirchner Saurierspuren existieren aber auch im wahren Leben – inklusive der „Mutter-und-Kind“-Trittsiegel, die unversehrt an Ort und Stelle zu besichtigen sind: Besucher begeben sich auf eine spannende Zeitreise in die Unterkreide und folgen einem kurzweiligen Naturerlebnispfad. Beginnend beim Info-Pavillon am JBF-Centrum führt ein 4,6 Kilometer langer Rundweg durch den Bückeberg hin zu den Dinospuren im Steinbruch.

Der familiengerechte Erlebnispfad umfasst neun Stationen und informiert kleine und große Besucher über die Dinos, die vor etwa 140 Millionen Jahren genau dort gelebt haben, sowie über weitere spannende Themen rund um Wald, Natur und Sandsteinbruch.

KRIMI Regional

WESERBERGLAND KRIMI

HANNOVER KRIMI

MORDUNDMEER KRIMI

WESERKRIMI

HILDESHEIM KRIMI

RHEINMOSEL KRIMI

WESTFALEN KRIMI

Auf den nächsten Seiten
wird es noch mal spannend!

Bitte blättern Sie um ...

Im Verlag CW Niemeyer bereits erschienen ...

Eine derbe Lausbuben-Geschichte für den ländlichen Raum im 21. Jahrhundert. Ein romantischer Krimi im gepflegten englischen Landhausstil. Wiedensahl, ein Flecken im Schaumburger Land, ist Schauplatz der Handlung. Der Lehrer Philip Lessing gerät mit seiner sechzehnjährigen Tochter Blümchen in einen unheimlichen Spuk. Im Gegensatz zu vielen anderen Krimis werden am Ende nicht die üblichen Verdächtigen verhaftet. Makabre Moritat à la Max und Moritz.

Jan Beinßen. Todesstreich
312 Seiten. Paperback. ISBN 978-3-8271-9408-4
E-Book 978-3-8271-9607-1 (Pdf)
978-3-8271-9807-5 (Epub)

Weitere Spannung pur...

Als aus der Innenstadt Holzmindens ein Kind verschwindet, versuchen nicht nur die beiden Kommissare Kofi Kayi und Stefan Ollner, dem Täter auf die Spur zu kommen. Auch die Bürger organisieren sich. Trotzdem können sie nicht verhindern, dass noch ein Kind entführt wird. Da alle Erwachsenen Wichtiges zu erledigen haben, hört niemand zu, als Kim von dem Mann mit den Katzenbabys erzählt …

Sabine Hartmann. Nur ein Katzensprung
400 Seiten. Paperback. ISBN 978-3-8271-9413-8
E-Book 978-3-8271-9614-9 (Pdf)
978-3-8271-9814-3 (Epub)

Das Vorhaben, am Husumer Badestrand Dockkoog ein Ferienressort zu errichten, stößt auf wenig Gegenliebe. Eine Leiche im Großbecken des Multimar Wattforums - schnell finden Kommissarin Wiebke Ulbricht und ihr Partner Jan Petersen heraus, dass es sich bei dem Toten um den ungeliebten Investor handelt. Geht der Mord auf das Konto militanter Umweltschützer oder hatte Heiners noch weitere Feinde? Die blutige Spur führt an die Ostseeküste.

Andreas Schmidt. WattenMord
360 Seiten. Paperback. ISBN 978-3-8271-9511-1
E-Book 978-3-8271-9616-3 (Pdf)
978-3-8271-9816-7 (Epub)

Wesemann berichtet vom Karnevalsumzug. Besonders ausgelassen zeigt sich Dr. Bodo Schobinsky. Plötzlich fällt er über die Brüstung des Wagens. Direkt neben Wesemann schlägt er aufs Pflaster. Der Mann ist tot. Infolge übermäßigen Alkoholgenusses vom Wagen gefallen und an einem Genickbruch gestorben. Tragisch, aber nicht sonderlich interessant. Doch da wird im Söltjerbrunnen von Bad Münder der abgetrennte Kopf eines Chinesen gefunden. Wesemann recherchiert.

Günter v. Lonski. Bittere Medizin
288 Seiten. Paperback. ISBN 978-3-8271-9406-0
E-Book 978-3-8271-9613-2 (Pdf)
978-3-8271-9813-6 (Epub)

www.niemeyer-buch.de

Im Bückeburger Mausoleum liegt ein Toter. Kai Müller, Polizist in der Kleinstadt, beginnt zusammen mit seinen Kollegen Heinrich Weber und Fanny Reichert, Licht in das Dunkel und die Vorgänge um ein verstümmeltes Mordopfer zu bringen. Während die drei sich zeitraubend durch eine wüste Menge an Daten kämpfen, pfuscht ihnen ein zweiter Mord ins Konzept. Und als wäre das nicht genug, fädelt der Mörder bereits seine dritte Tat ein ...

Regine Mädje. Licht im Mausoleum
344 Seiten. Paperback. ISBN 978-3-8271-9411-4
E-Book 978-3-8271-9604-0 (Pdf)
978-3-8271-9804-4 (Epub)

Ein Überfall auf das Campe-Gymnasium verstört Holzminden. Scheinbar wahllos schießt der Täter auf Lehrer und Schüler. Kommissar Stefan Ollner ahnt, dass die Waffe aus einem der mysteriösen Einbrüche stammt, auf die er sich gemeinsam mit seinem jungen Kollegen Kofi in den letzten Monaten konzentriert hatte. Ob auch der gestohlene Neuwagen eines Lehrers eine Rolle spielt? Ollner muss die Zusammenhänge erkennen, bevor noch mehr Menschen sterben müssen.

Sabine Hartmann. Ausweichmanöver
328 Seiten. Paperback. ISBN 978-3-8271-9405-3
E-Book 978-3-8271-9605-7 (Pdf)
978-3-8271-9805-1 (Epub)

Norbert Ulbricht wird bei einem Kurztrip im Weserbergland wieder zum Ermittler, als seine Freundin und Kollegin Maja Klausen zum Tatort Bodenwerder gerufen wird. Der Schwimmgreifer birgt ein zehn Jahre altes Autowrack aus dem Wasser. Eine verweste Leiche hinter dem Lenkrad – Mord am Chef des Sicherheitsdienstes im Kernkraftwerk Grohnde während einer Anti-Atomkraftdemonstration in Hameln. Die Ereignisse überschlagen sich.

Andreas Schmidt. WeserTod
300 Seiten. Paperback. ISBN 978-3-8271-9409-1
E-Book 978-3-8271-9606-4 (Pdf)
978-3-8271-9806-8 (Epub)